巴黎馬卡龍之謎

THE PARIS MACARON MYSTERY

米澤穗信
YONEZAWA HONOBU

巴里マカロンの謎

THE PARIS MACARON MYSTERY

by

Honobu Yonezawa

2020

目錄

巴 黎 馬 卡 龍 之 謎

1

第二學期開始不久，白天還是會熱到冒汗，但早晚都吹著冷風，經常看得見充滿秋意的魚鱗狀捲積雲的九月某一天，我在放學後帶著滿腦子的問號，搭電車前往名古屋。

從我住的木良市搭直達電車去名古屋用不了二十分鐘，還算是在正常的活動範圍內，但我從來不曾因「想搭新幹線」以外的理由去過名古屋。這天我會沿途看著午後街景前往名古屋，並不是我自己的意思，而是小佐內同學拉我去的。

高一暑假快結束的時候，我因為某些理由，連續幾天都很晚才回家。被問到理由時，因為我和小佐內同學約定過「有麻煩的時候可以把彼此當成藉口」，我就說是為了校慶的準備工作才會搞得這麼晚。擺脫麻煩之後，依照我們的互惠約定，接下來輪到我幫小佐內同學的忙，我本來覺得無論要我幫忙擦窗戶或除草都沒問題，但小佐內同學的要求卻是：

「這個星期五陪我去名古屋。」

從木良市開往名古屋的直達電車裡都是面對面的雙人座。現在還不到下班的尖峰時間，但交會而過的下行電車都塞滿了人，而上行電車卻是空蕩蕩的，所以我們兩人占據了四人的座位。小佐內同學把雜誌攤在腿上，從她的臉上看不出明顯的表情，但甩動的雙腳透露了她心底的愉悅。我一路上都在思索該不該問她，照時刻表來看，再過十分鐘就到名古屋了，所以還是問吧。她到底為什麼要帶我去名古屋？

「小佐內同學。」

小佐內同學停止甩動雙腳，抬起頭來。

「什麼事？」

「因為妳幫了我，所以我也答應了妳的要求，不過，那個……如果妳不反對的話，我想要問妳一個問題。」

她訝異地歪著頭說：

「什麼問題？」

看她這麼訝異的模樣，難道她已經給了我足夠的線索來推測今天的目的嗎？如果是這樣，那我就不該直接問她，而是要先整理線索才對。

我正在這麼想，小佐內同學喃喃說了一聲「啊」，然後恍然大悟地點頭。

「對耶，我還沒跟你說過要做什麼。」

「喔，妳要告訴我嗎？」

「我們現在要去新開張的 Pâtisserie Kogi Annex Ruriko 吃新口味馬卡龍。」

嗯，我早就猜到會是這種理由，但我還有一個問題。

「為什麼要帶我去？」

「這本雜誌提到，秋季限定的口味有四種。」

小佐內同學拍拍腿上的雜誌，眼神認真到令人心驚。

「不過馬卡龍紅茶套餐只能選三種馬卡龍。」

也就是說，她要我去幫忙點第四種。嗯，我也猜得到會是這種理由，但我還有一個問題。

「不能外帶嗎？」

小佐內同學一聽就露出悲傷的笑容，從車窗遙望著遠方的地平線。

「可以的話……我就不用這麼辛苦了……」

她的神情如同義無反顧迎向命運的殉道者。

「好，我現在要開始講課。」

小佐內同學似乎興頭來了，沒頭沒腦地突然說道。

電車從中途停靠的車站出發了，下一站就是名古屋。小佐內同學重新坐好，挺直背脊，還先乾咳一聲。

「有一位甜點師傅叫古城春臣，他國中畢業後就去了法國，在一間知名的甜點店當了十年學徒。那間店的名字是法文，我不會念，真希望有附上拼音。他回國之後主要在名古屋的飯店工作，三十歲之後，他把家人留在名古屋，隻身去東京自由之丘開了自己的店Pâtisserie Kogi。」

「單身赴任？」

小佐內同學被我打斷，不高興地噘起嘴巴。

「自己開店不算赴任吧。」

對耶，因為不是別人指派他去的。

「那該怎麼說才對呢？」

「離鄉打拚？」

「好像不太對耶。」

「這個不重要啦。」

這個話題被她喊停了。

「《Macaronage》雜誌的訪談提到古城春臣想在東京開店的理由……」

小佐內同學一邊說，一邊從書包裡拿出文件夾，裡面塞著一大疊從雜誌割下來的內頁，她從裡面抽出一張，舉到眼前朗讀。

「他說：『我想在更大的世界裡挑戰自己的能力，如果跨得過最高的障礙，其他事就沒什麼好怕的了。』」

「真是個積極進取的人。」

「順帶一提，他長得也挺帥的。」

小佐內同學把雜誌頁轉過來給我看。彩色照片上的男人穿著廚師服，盤著雙臂，笑得很燦爛，乍看好像是個不解風情的人，但長相確實和小佐內同學說的一樣英俊。他大概三十歲左右，表情和姿勢彷彿充滿了自信，但掛在胸前的銀色項鍊跟他的風格不太搭調。他的十指纖細修長，沒有戴任何飾品，指甲也剪得很乾淨。

比起古城春臣的照片和訪談，我更驚訝的是小佐內同學竟然會隨身帶著這種東西。她不可能是專程帶給我看的，應該是自己用來進修的吧。我早就知道她放學後喜歡到處吃甜點，但我還真沒想到她會隨身帶著雜誌頁。

我的心情介於敬佩與愕然之間，但小佐內同學對我的反應視若無睹，又從文件夾裡抽出另一張報導。

「Pâtisserie Kogi 把重點放在內用餐點，這個策略大獲成功，廣受好評。之後古城被新宿和日本橋的百貨公司邀請參加展售會，兩次都得到極佳的迴響，所以三年之後就在代官山開了分店，叫作『Pâtisserie Kogi 代官山』。這間店的生意也非常好，由於連續在競爭激烈的地區創出佳績，古城春臣因此打響了名聲。他從這時期開始留鬍子，看起來有點髒髒的。」

小佐內同學一邊說，一邊拿第二張報導給我看，這張照片上的古城是在廚房裡揉麵團，他烏黑的鬍子讓人留下強烈的印象。我可以理解小佐內同學為什麼覺得髒，但我並不討厭，反而覺得這樣更符合成功人士的氣勢。他的打扮和第一張報導並無二致，但或許是因為更有氣勢，照片中的項鍊也不那麼突兀了。我稍微看了一下報導，記者詢問他放假都在做什麼，他回答「我會回名古屋看妻子女兒，因為有家人支持我、給我力量，我才能繼續專注於工作」。他生活如此忙碌，還好有新幹線讓他方便回家團聚。

「今年一月他又公布消息說要在名古屋開分店，就是我們等一下要去的 **Pâtisserie Kogi Annex Ruriko**，這對古城春臣來說就像是衣錦還鄉。最重要的一點當然是……」

小佐內同學又拿出另一份報導，加重語氣說道：

「分店開在名古屋，我就可以在放學後跑去吃了。」

小佐內同學拿的第三張報導上，稍微瘦一些的古城春臣笑得很歡愉。這張照片的他也是穿廚師服，但是沒有戴項鍊，可能是年齡漸長，品味也跟著變了。我隨便瞄一眼，報導寫著「名古屋分店和東京總店的經營方向不同，雖然維持古城的風格很重要，但總是做一樣的事是不會進步的。我希望這間分店能發揮出女性的感性，所以店名也取作

Pâtisserie Kogi Annex Ruriko」。

「上面寫著這間店要發揮出女性的感性。」

「嗯。」

「是要怎麼發揮啊？」

小佐內同學露出不感興趣的表情說：

「不知道。」

「是說裝潢用了很多曲線嗎？」

「如果有哪種生物沒有曲線我才驚訝咧……但他這句話或許真的是指新藝術風格（註1）吧。不好意思，這個問題我沒辦法回答，裝潢風格確實很重要，但是對現在的我來說，那只是次要的。」

首要的一定是馬卡龍吧。

我看著報導，揣測著古城春臣沒說出口的話。

「……總之他是因為這樣才把店名加上了 Annex Ruriko，所以 Ruriko 應該不是真實人物的名字，而是為了營造出女性的印象吧？」

我正在對古城的別出心裁感到佩服，小佐內同學卻露出憐憫的表情說：

1　以充滿活力的波浪線條、植物和花朵的形狀為特色的裝飾風格。

「名古屋分店的店長就叫田坂瑠璃子。」

「喔，是這樣啊。」

「因為古城春臣忙到分身乏術，田坂瑠璃子是自由之丘總店實質上的店長，而且她具有製作甜點的實力，還拿過國內的獎項，是 Pâtisserie Kogi 的一大支柱……對不起，小鳩，我今天沒帶她的資料，我沒想到你會對她這麼感興趣。」

「沒關係啦。」

「我星期一再拿給你看，可以嗎？」

「沒關係，不用了。」

「明天也可以。」

「沒關係啦，小佐內同學，謝謝妳，我心領了。」

電車開始減速，廣播用悠哉的語調宣布到達名古屋站。

2

Pâtisserie Kogi Annex Ruriko 位於名古屋車站往南步行十分鐘，不如站前繁華、卻有商業大樓林立的區域，在一棟坐落於十字路口的大樓的一樓。牆壁是紅磚蓋的，不然就是貼了紅磚質感的磁磚，上面爬著翠綠的藤蔓。對開的白色大門旁邊嵌著黃銅質感的招牌，上面寫著一排字母，但我不認識這單字，所以只是一眼掃過。那應該是店名吧。

門簷下用畫架豎著一面黑板，上面寫著「歡迎光臨，目前尚未開放外帶，九月二十日開始販售」。看來小佐內同學沒辦法外帶第四種馬卡龍不是因為什麼大不了的理由，只不過是店家還沒準備好。

這間店和車站有一段距離，並非位於人潮聚集處，似乎不是個好地點，但現在還不到下午五點，店內已經擠滿了客人。瀰漫著甜美香氣的店面有著高挑的天花板，空間也很寬敞，因為巨大的Ｌ字形展示櫃占了太多空間，所以桌子的數量不多。兩人桌可以視情況合併使用。穿著無口袋黑色圍裙的店員走了過來。

「歡迎光臨，請問幾位？」

小佐內同學的視線一直盯著展示櫃，所以我回答：

「兩位。」

「兩位是嗎？」

店員的胸前掛著名牌，除了姓氏佐伯之外，還有紅色的「實習生」字樣。這間店是新開的，店員經驗不足似乎也很合理。

那位店員指著僅剩的一張空桌。

「可以坐窗邊那一桌。請先到櫃檯點餐。」

這間店的習慣是先點餐再入座。我們望著展示櫃，店員把一張寫著「6」的牌子放在我們要坐的那一桌，表示已經有人坐了。

先前聽到小佐內同學一直提馬卡龍，我還以為這裡是馬卡龍專賣店，但展示櫃裡放了各式各樣的蛋糕。除了我認得出來的法式草莓蛋糕、歌劇院蛋糕和蒙布朗以外，其他都是看過卻不知道名字的蛋糕。馬卡龍占了展示櫃三分之一的空間，有粉彩色的，也有鮮豔到接近原色的，還有大理石花紋的。我往旁一看，小佐內同學正笑容滿面地看著成排的馬卡龍。

小佐內同學咳了一聲，皺緊眉頭說：

「我要點先前說過的馬卡龍紅茶套餐，小鳩，請幫我點柿子口味，剩下兩種隨便你挑。」

「好。」

我看著排放在展示櫃裡的馬卡龍，向另一位名牌上也註明了「實習生」的店員點餐。

「我要馬卡龍紅茶套餐，請給我柿子、香蕉和巧克力口味。」

店員說等一下會送到座位，所以我依言走向桌子。

我們被安排在窗邊那一桌，窗戶占了一整面牆，外面是四線車道的大馬路，馬路對面的大樓掛著大時鐘，時針正指向五點。我坐在舒適的椅子上，輕輕嘆了口氣。真沒想到我會在放學後跑到名古屋吃馬卡龍。跟小佐內同學在一起總是會有新的體驗。

我們進來之後，店內就客滿了。我默默地數著，總共有十二個座位。聽小佐內同學的敘述，我以為這間店的主要客群是年輕人，事實上什麼年齡層的客人都有。大部分是兩人一組，最熱鬧的一桌是六人同行，也有人是單獨來的。有位女性一吃到馬卡龍就露出幸福的笑容，另一位穿著套裝的女性一邊用左手操作手機一邊用右手拿湯匙挖著蒙布朗，還有一位身穿制服的女孩放著甜點不動，只顧著拿小鏡子整理頭髮。

客人幾乎全是女性，男性包含我在內只有兩個人。另一位男人穿著筆挺西裝，戴眼鏡，面前有一臺薄薄的筆記型電腦。在瀰漫著如此甜美香氣的店裡竟然還在工作，好大的膽子啊。說不定他是個重度的甜點愛好者，正在用電腦記錄試吃感想。

我坐定之後，放眼觀察店內，擺設都是單色調，沒有太多贅飾，和童話風格的室外裝潢相比，室內裝潢顯得很高雅。展示櫃的後面是一整面玻璃牆，可以看見一部分的廚房。有位身穿廚師服、戴著廚師帽的男性正在揉麵團。搞不好他只是為了表演給客人看，整天都毫無意義地揉著麵糰。

門口對面的牆壁有兩扇白色的門，一扇通往廁所，另一扇寫著「STUFF ONLY」，應該是店員專用的空間。

小佐內同學一直站在展示櫃前面。我覺得有點奇怪，她不是早就決定要點什麼了嗎，到底有什麼好猶豫的？我本想起身去看她在幹什麼，她就開始跟店員說話，大概是選好了吧。

小佐內同學終於走到座位，表情格外凝重，她低著頭，彷彿正煩惱地徘徊在人生的十字路口，不知道自己該怎麼做。

「怎麼了？」

我忍不住問道，她回以無力的微笑。

「有點事。」

她一坐下就慢慢地轉頭，像我剛才一樣在店內四處張望，然後皺起眉頭。她似乎在找尋什麼，但我並沒有發現任何會讓她擔憂的東西。我怕自己漏看了，又再次打量著四周。

從小佐內同學視線的高度來判斷，讓她變了表情的應該不是室內裝潢，而是其他的客人。離我們最近的那一桌，有三位中年女性圍著桌子愉快地閒聊，她們一樣點了馬卡龍紅茶套餐，每人面前都擺著茶壺茶杯和湯匙、大概是用來裝砂糖的小罐子、裝牛奶的小壺，還有盛放著各色馬卡龍的小盤子。看不出來有什麼不對勁的的地方啊……唔，真的是這樣嗎？

「果然沒有。」

小佐內同學的喃喃自語給了我提示。對了，那三人坐的桌子少了該有的東西。我對於自己非得有提示才想得答案而感到不甘心，一邊說道：

「嗯，沒有擦手的東西。」

小佐內同學沉默地輕輕點頭。

沒有小手巾，沒有溼紙巾，也沒有餐巾。

「店員忘記給了嗎？」

聽到我說的話，小佐內同學輕輕搖頭。

「有很多甜點店都是這樣，看起來很高級的店，或是想讓人覺得高級的店，都不會準備小手巾，因為小手巾感覺太日式了，會破壞歐式的氣氛。」

唔……

「歐式的氣氛啊……」

如果是為了這種理由，還真叫人難以接受。小佐內同學斬釘截鐵地說：

「在這方面我更欣賞日式作風。」

如果只是喝飲料吃蛋糕也就算了，但馬卡龍是要用手拿的，我可以理解她的心情。小佐內同學站了起來。

「我去洗手。」

「嗯，我也要洗。妳先去吧，我在這裡看著。」

「麻煩你了。」

大概有人先占了洗手間，小佐內同學靜靜地站在門外不動。她站得筆直，原本應該顯得姿勢優雅，但她太過嬌小，感覺更像小孩子在不熟悉的店裡緊張得全身僵硬。我不禁有些同情她。

掛著實習生名牌的店員走過來，單手捧著托盤，鞠躬說道：

「久等了，這是馬卡龍紅茶套餐。」

小佐內同學的東西還放在座位上，店員應該知道我們有兩個人，但她卻不加思索就把茶具組擺在我面前，然後稍微轉動放馬卡龍的小盤子，再放在桌上。

我當然聽過馬卡龍，也看過照片，但我還是第一次近距離看到實物。不知道小佐內同學若是知情會說出什麼話，總之我看過的馬卡龍照片都是特寫，無法判別尺寸，所以我一直把馬卡龍想像成色彩繽紛的漢堡。如今馬卡龍擺在我眼前，那兩片半球狀外皮夾著內餡的造型確實很像漢堡，但尺寸和我想的完全不一樣，一隻手上就能放兩個，三個大概放不下吧。

橘色偏紅的馬卡龍應該是柿子口味，亮黃色的想必是香蕉，焦褐色的則是巧克力。三個馬卡龍在我面前擺成倒三角的形狀，最靠近我的是柿子口味，香蕉口味和巧克力口味並排在後面。難道柿子馬卡龍不是夾柿子餡，而是把柿子揉進外皮之中嗎？說不定外皮和內餡都加了柿子。

我很想摸摸看，但我還沒洗手，所以不敢隨便摸。總之先倒茶吧。我想試著從高處把紅茶倒下來，正把手臂抬高時，店員又走了過來。

「久等了。」

這次擺上桌的是小佐內同學的套餐。店員稍微轉動小盤子，慢慢放在桌上。對於熱愛甜點的人來說，甜點端上來的那一刻鐵定會興奮不已，遺憾的是小佐內同學不在。我朝洗手間瞥了一眼，門前已經沒人了。店員轉身離開，走回展示櫃的後方。

我在杯中倒滿紅茶。我本來想加砂糖，但我不確定馬卡龍會有多甜，所以先吃一口試試味道。我並不是很愛吃甜點，但還是有點興奮。讓熱愛甜點的小佐內同學如此期待的Pâtisserie Kogi馬卡龍會是什麼滋味呢？

此時，音樂突然響起。

是銅管樂器的高亢聲音。這首歌……是「青翠牧場」。我訝異地回頭望去，看到玻璃窗外對面大樓掛的大時鐘的人偶裝飾動了起來，時針正指著五點，像是地精的白鬍子人偶以緩慢的機械式動作揮動斧頭劈柴。隔著馬路和窗子還這麼大聲，真是嚇到我了。等我鎮定下來，看看四周，其他客人好像都沒被這聲音嚇到，住在附近一帶的人大概都很熟悉這報時的鐘聲吧。

確認沒有異狀之後，我既安心又有些不好意思地把頭轉回來，正好看到洗手間的門打開，小佐內同學走了出來。既然如此，她應該來不及看到我被時鐘嚇到的樣子。

小佐內同學的嘴角因忍住笑意而顫動，彷彿抑制不了從心底湧出的期待和喜悅。我打算等她回來之後再去洗手間，所以我先在座位上等著。

但是，小佐內同學走到距離桌子一步的地方就停下腳步，凝視著桌上，然後看看我，又看看桌上。

「這是你放的嗎？」

我一頭霧水，沿著小佐內同學的視線望去。那裡擺著和我一樣的馬卡龍紅茶套餐，有茶壺、茶杯、湯匙、小糖罐、小牛奶壺、盛放馬卡龍的小盤子……

「咦？」

她那份馬卡龍和我這份不一樣，有綠色的馬卡龍、咖啡色的馬卡龍、黃白大理石花紋的馬卡龍、粉紅色和白色漸層的馬卡龍。我們點的口味確實不同，但問題不只是這樣……

「有四顆耶。」

「有四顆呢。」

「妳點了幾顆？」

「三顆。」

「可是這裡……」

「有四顆呢。」

……哎呀呀。

3

有一首兒歌是這樣唱的：「餅乾放在口袋裡，敲一下，多一個。」我不記得自己敲過什麼東西，但小佐內同學盤子上的馬卡龍卻變多了。

小佐內同學並沒有表現出開心的模樣。這也是應該的，就算她再怎麼期待吃到馬卡龍，也不會隨便把來路不明的東西放進嘴裡，那搞不好是掉到地上再撿起來的。

「店員說了什麼？」

「什麼都沒說。」

「為了小心起見，我再問一次，這真的不是你放的嗎？」

她會懷疑我很合理，因為我是離馬卡龍最近的人。

「不是。馬卡龍又沒有賣單顆的，我不可能只買一顆。」

小佐內同學稍微低頭，沉吟著：

「唔……」

我以前很喜歡解謎，還因為太愛解謎而影響了自己的人際關係，所以我下定決心，以後不再動不動就賣弄小聰明。就算不考慮自己這份決心，我也不打算為了小佐內同學馬卡龍變多的事進行推理……因為我覺得這只是店員搞錯了。

「要不要叫店員過來？」

我沒等小佐內同學回話就舉起手，但她卻小聲而緊張地說：

「等一下。」

她制止了我。

「……等一下，我不認為是店員搞錯了。」

也是啦，如果是十個馬卡龍變成十一個，還可以當作是粗心大意，但是三個馬卡龍變成四個，店員不可能沒發現。可是這世上本來就有很多出人意料的事，而且先向店員確認是最合理的做法。

「為什麼不叫店員來？」

我直接了當地問道，小佐內同學卻露出猶豫的表情。從那不明確的表情中，我看到了她對我連這麼簡單的問題都不懂的氣憤，以及對自己不知道該如何解釋的懊惱。

「這個嘛，我也覺得說不定只是店員搞錯了，但可能性非常低。」

我點頭表示贊同。

「而且，如果不是店員搞錯了，那會是誰放的呢？做這種事有什麼目的？」

「嗯，的確。」

「所以我覺得……如果想都不想就直接叫店員過來，可能正好稱了那個人的心意。」

我努力不露出苦笑。該說這種想法很符合小佐內同學的風格嗎？

正如我想要矯正推理的癖好，小佐內同學也想要壓抑自己的本性，所以我們互相監視、互相幫助，發誓要一起成為和平無害、明哲保身、不會給別人添麻煩的小市民。不過依照小佐內同學的個性，她寧可背棄誓言，也無法忍受在渾然不覺的情況下受到別人的操弄。

她的自尊心和我們約好要矯正的個性沒有直接關聯，所以我並不打算勸她放下堅持。

我可以理解她放學後專程跑來甜點店，但還沒吃到期待已久的馬卡龍就被人潑了冷水的心情，既然小佐內同學決心不讓某人的詭異企圖得逞，我也沒辦法責怪或阻止她。

「這樣啊……我知道了，等到真的沒辦法了，再去問店員吧。」

她朝著我點點頭。

我們重新打量那四顆馬卡龍，綠色、咖啡色、大理石花紋和雙色漸層的四顆馬卡龍。我坐在小佐內同學正對面，從我的方向看過去，離我最近的是雙色漸層，後面是大理石花紋和咖啡色兩顆並排，最靠近小佐內同學的是綠色，換句話說，四顆馬卡龍排列成菱形。

「多出來的是哪一個？」

我隨口問道。馬卡龍套餐可以自選三種口味，小佐內同學事先就想好了，而且她是為了品嘗馬卡龍才專程跑來名古屋，當然知道哪個是自己點的、哪個不是自己點的。

然而小佐內同學只是盯著面前的馬卡龍，沉默了好一陣子，然後無力地舉手指著綠色的馬卡龍。

「這是開心果口味，從九月才開始販賣的秋季限定商品，我記得是提供到十一月。」

然後她又指著咖啡色的馬卡龍。

「你知道的，這是栗子口味，用的是長野出產的栗子，現在產季還沒到，但也是秋季限定商品。」

接著她又指著大理石花紋的馬卡龍。

「這是椰子木瓜口味，是夏季限定商品，但是會提供到九月中旬。如果說栗子偷跑了，那這個就是走太慢了。」

最後是雙色漸層的馬卡龍。

「這是古城。」

她說道。

「苦橙？」

「不，是古城，Pâtisserie Kogi 的特別口味，等於是這間店的招牌。」

我已經了解每一顆馬卡龍的口味了，但我想知道的是小佐內同學沒有點的、多出來的馬卡龍到底是哪一個。我本想再問一次，但我還沒開口，就從小佐內同學緊皺的眉頭察覺到她的苦惱。難道……

「妳忘記自己點了哪些口味？」

她停頓片刻才回答：

「……嗯。」

「怎麼會呢？」

小佐內同學用熾熱的目光注視著馬卡龍，彷彿這樣就能看出真相。她回答：

「我今天打算吃的口味是開心果、栗子、椰子木瓜、柿子，但我其實也很想吃古城口味，那可是讓年輕時代的古城春臣邁向成功、經常和 Pâtisserie Kogi 的店名一起被提起的馬卡龍，我非常感興趣。不過這種口味的材料不容易弄到，在 Annex Ruriko 這間分店應該不會立刻提供，所以我本來打算今天先試當季的口味，等到古城口味開始提供之後再來吃。」

我終於知道小佐內同學先前為什麼在展示櫃前猶豫那麼久了，因為她看到了本來以為還沒開始提供的、最想吃的口味，把她的計畫都打亂了。

「我很煩惱，如果要從我選好的三種口味之中刪掉一種，我會選椰子木瓜，可是那是夏季限定商品，下次或許就吃不到了。要這樣說的話，開心果和栗子也是季節限定商品，而古城口味只要解決了準備材料的問題，就會變成固定供應的商品。古城口味以後可以順利買到但現在很想吃，其他三種口味不像古城口味那麼想吃但現在不吃以後可能就吃不到，我實在不知道該怎麼選才好。」

小佐內同學抱住自己的頭。

「馬卡龍是我自己點的，我是那麼地期待！可是我現在也不確定自己放棄的是哪一種……」

「小佐內同學……」

沒必要這麼悲痛吧……

總之我已經明白，現在的狀況是既不能向店員確認，而小佐內同學自己也想不起來。

小佐內同學不願意讓偷放馬卡龍的那個人稱心如意，所以現在必須搞清楚那個人的身分和目的。話雖如此，第一步最好還是先找出四顆馬卡龍之中的哪一顆是多出來的。

要怎麼做才能分辨出突然增加的第四顆馬卡龍呢？

依照我的想法，要解決這件事的關鍵在於觀察力。

「那人是在有三顆馬卡龍的盤子上放了第四顆嗎？」

小佐內同學用平靜的聲音說道。

「還是用放了四顆馬卡龍的盤子換掉了我的盤子？當時我不在場，沒辦法確定。小鳩，你覺得是哪一種？」

喔？我很訝異。

小佐內同學和我做過互惠的約定，我們要盯著彼此不再犯壞習慣，幫助彼此不用再重拾壞習慣，利用彼此作為擋箭牌來避開麻煩。考慮到這層關係，她問我這種問題真的沒關係嗎？

……算了，應該沒關係吧。反正旁邊又沒有其他人，而且這點小事也算不上推理。我想了一下。

「我覺得不是後者。如果要整盤換掉，除了第四顆馬卡龍以外，其他三顆必須碰巧和妳點的口味一樣，但機率太低了。如果不是靠運氣，那一定是知道妳點了什麼口味的人幹的，不過這種事只有幫妳點餐的店員才知道。店員沒理由多送妳一顆馬卡龍，就算真的要多送妳一顆，也不會什麼都不說。」

小佐內同學也想了一下。

「就是啊。所以應該是有人在我的盤子裡放了一顆馬卡龍。那人找得到機會嗎？」

「我又不是一直盯著妳的馬卡龍，我都在注意妳的包包，免得被人順手牽羊……」

不過小佐內同學的位置在我的正前方，如果有人動手腳，就算我沒有特別注意也會看到。假設現在有人在她的盤子上放了第五顆馬卡龍，我絕不可能沒發現。若是沒有其他東西令我分心，別人絕對沒機會這樣惡作劇。

想到這裡，我覺得只有一種可能性。

「妳去洗手間之後，我點的套餐先送過來了，過了一會兒，妳那份也送來了，但我不記得當時有幾個馬卡龍。之後時鐘突然響了起來。」

「時鐘？」

「就是那個。」

我指著自己背後，馬路對面的大樓上的那個大時鐘。

「五點整的時候，那個時鐘傳出『青翠牧場』的旋律，聲音非常大，我嚇了一跳，轉過去看，發現那些人偶用精巧的動作在砍柴，所以看了好一陣子。」

停頓片刻，我又補充說：

「如果有人想動手腳，只有那個時候有機會。」

小佐內同學一動也不動，然後突然歪頭。

「我總覺得不一致。」

「不一致？」

「我去洗手是偶然的，你轉頭看時鐘也是偶然的，凶手應該只是突然發現有機會，所以在一時衝動之下把馬卡龍放到我的盤子上……這不是針對我做的，換成其他人也行。」

時鐘的報時聲那麼響亮，凶手應該猜得到我會回頭看。不過馬卡龍在快要五點的時候送過來也是偶然的，所以事實應該正如小佐內同學所想，只是一時衝動的行為。

「不過這人得先準備第四顆馬卡龍，感覺又像是事先計劃好的。就是這點令我感到不一致。」

被她這麼一說，我也覺得狀況卡卡的，該說是嵌不上還是有溫差呢？小佐內同學沉默地思索，像是試著參透放馬卡龍的凶手的心境，片刻以後，她吁了一口氣說：

「這個就不管了。總之現在得先找出第四顆馬卡龍是哪一個……」

「是啊，從這裡開始比較妥當。」

「不然我四顆馬卡龍都不能吃了。」

喔，原來是因為這樣……

小佐內同學又專心地凝視著盤子。

「既然那人是趁你不注意時偷放馬卡龍，應該是離你最遠的那顆……是吧？」

小佐內同學指著開心果口味馬卡龍，但她好像也覺得這個推論欠缺根據，說得很沒把握。我也沒把她的推論當真。

「我覺得這件事不能光用想的，要靠觀察。」

「觀察？」

坦白說，我已經發現有一個重要的線索可以找出第四顆馬卡龍。我大可直接向小佐內同學說明，但我還是想讓她自己看看。

此時有一位店員用托盤端著馬卡龍紅茶套餐走向客人。我悄悄伸出食指，要小佐內同學注意看那邊。

「久等了。」

那桌的客人是兩位年輕女性，她們似乎是上班族，兩人穿著相似的套裝，用充滿期待的目光看著店員擺放她們的套餐。店員把茶壺放到桌上，接著放茶杯，然後是小牛奶壺和小糖罐，接著轉動盤子，再輕輕放到桌上。小佐內同學看到那兩人眉開眼笑的模樣，就把頭轉回來說：

「……店員每次都會那樣做嗎？」

不愧是小佐內同學，一下子就看出了我想說什麼。

「嗯，每次都會。」

我們說的是轉盤子的動作。店員把盤子放在桌上以前，一定會先轉一下盤子。

既然要轉盤子，就代表盤子有固定的擺放方向。這是為了讓馬卡龍排得整整齊齊、以最美的角度呈現在客人面前。

從我們這裡看不清楚剛才店員擺盤子的方向，其實也用不著看，既然有固定的擺放角度，那我的盤子一定也是照正確的方式擺放的，因為我還在等著去洗手，所以沒有碰過馬卡龍或盤子。

不需要等我說明這些事，小佐內同學已經望向我這盤馬卡龍。在我面前的盤子上，離我最近的是柿子口味，香蕉和巧克力在後方，從我的角度看過去是個倒三角形。如果這間店都是把馬卡龍排成倒三角形呈現在客人面前，想都不用想就知道第四顆馬卡龍是哪一個。

「……是這個吧。」

小佐內同學把右手伸向粉紅色和白色漸層、如招牌一樣代表著古城春臣的古城口味馬卡龍。

「我果然還是放棄了古城。畢竟以後還能吃到，放棄它也是應該的……」

我真想嘆氣。

我已經發誓要成為小市民，我也不打算背棄誓言，但是我在小佐內同學陷入困境時靠著觀察力來幫助她，而不是靠思考和推理，還是免不了有些遺憾。光靠觀察就能找出真相的事當然比較簡單，不過這也表示我今天碰到的不是超乎想像的事件啦！

小佐內同學抓起古城口味馬卡龍。

她突然流露出犀利的表情，手指的動作停止，然後慢慢上下搖動。

「……怎麼了？」

難道她是用某種具有儀式感的動作，對玷汙了神聖馬卡龍盤子的古城馬卡龍施以處罰嗎？在我訝異的注視下，小佐內同學又搖晃馬卡龍幾次，然後用左手拿起開心果口味馬卡龍，兩手一起搖晃。她一臉茫然地喃喃說道：

「很重。重心怪怪的。」

「妳是說馬卡龍的重心？」

小佐內同學放下開心果口味馬卡龍，把左手放在古城口味馬卡龍上，猶豫片刻之後，她沉痛地扭曲了表情，把上面那片外皮剝開。

「妳在做什……」

我話說到一半就說不下去了。

第四顆馬卡龍裡面夾的不只是巧克力，有一枚戒指在燈光的照耀下閃閃發光。

4

Pâtisserie Kogi Annex Ruriko 的客人絡繹不絕。耳中聽到的是歡愉的笑聲、陶器碰撞的低沉聲音、叉子敲擊盤子的尖銳聲音。被遺忘的甜美香氣彷彿也甦醒過來。

馬卡龍裡夾著戒指……這真是超乎想像的事態。

我一時之間還搞不清楚這是什麼情況，小佐內同學比我更早回過神來。

「很抱歉要問這麼多次……這真的不是你送給我的驚喜生日禮物嗎？」

「不是啦。我是在電車上問了妳之後才知道今天要來吃馬卡龍，而且我也不知道今天是妳的生日。」

小佐內同學搖搖頭說：

「不是，今天不是我的生日。」

喂，生日禮物明明是妳自己說的。小佐內同學依然用懷疑的眼光看著我。

「你那麼聰明，說不定早就推理出今天要來吃馬卡龍。」

「我很高興妳這麼看得起我，可惜我沒有那麼厲害。」

「我又不是在誇獎你……」

這樣啊。

先不管這個了，我又重新打量放在馬卡龍裡的戒指。金色的戒指被巧克力緊緊地包覆著，從外觀看不出上面鑲嵌的是什麼寶石。我分辨不出那是便宜的玩具還是真正的金戒指，既然有可能是貴重物品，事態就變得更嚴重了。

「還好我們沒有輕舉妄動。」

小佐內同學點點頭。說得極端一點，馬卡龍多一顆或少一顆，問題並不大……小佐內同學個人的意見就先擱在一邊吧。不過平白出現一個金戒指，搞不好會變成刑事案件。小佐內同學不想讓別人稱心如意的自尊心倒是讓事態變得比較安全了。

「這個，要怎麼辦？」

小佐內同學豎起食指說：

「交給店員。」

然後她多伸出一根中指。

「交給警察。」

無名指也豎了起來。

「放著不管。」

最後豎起小指。

「放進口袋。」

「不行啦！小市民是不會這樣做的！」

「我只是列出所有選項嘛。」

小佐內同學不高興地轉開了臉。此時有一道反射的光線照在她的側臉上，因為沒有照到眼睛，所以她沒有發現。

「……決定怎麼處置之前，得先搞清楚那人為什麼要把藏著戒指的馬卡龍放在我的盤子上。」

「是啊。要先找出馬卡龍的來源。」

「嗯。」

第四顆馬卡龍的製作地點本來不重要，在販賣馬卡龍的甜點店裡多了一顆馬卡龍，不論理由為何，反正都是店內的商品。但現在情況不一樣了。

「這是店裡製作的馬卡龍嗎？還是有人在家裡做好再帶過來的？」

我如此問道，小佐內同學就把剛才剝開的外皮舉到眼前，用老鷹般的銳利眼神仔細觀察。

「……有清楚的裙邊，而且裙邊的特徵一致，尺寸也一模一樣。這不可能是外行人做的，就連其他店家的甜點師傅也做不到。」

「裙邊？」

「就是指馬卡龍底部、原本呈泡沫狀的蛋白霜在烘烤時膨脹形成的邊邊。外行人常常烤不出裙邊，每一間店的裙邊形狀也都有自己的特色。這種外翻的裙邊和Pâtisserie Kogi其他的馬卡龍是一致的。」

她一邊說，一邊摸著裙邊的位置。

有一件很小的事，但我還是想要確認一下⋯

「妳剛才拿的那個是馬卡龍的外皮部分，或者該說是餅乾的部分吧？」

小佐內同學露出了先前在電車上那種認真的表情，把外皮拿給我看。

「這個才是真正的馬卡龍。」

她說道。

「兩片馬卡龍夾住甘納許（Ganache）之類的內餡（filling），就成了我們如今認知的馬卡龍，正確地說，這東西應該是『用馬卡龍製作的甜點』，正式的名稱是Macaron Parisien。發明這個形狀的人就是知名的……」

「甘納許內餡？」

「是甘納許之類的內餡。照你的說法就是巧克力。」

真是感謝您的說明。

我把她剛才這番話歸納一下。

「所以這顆藏著戒指的馬卡龍一定是跟這間店有關的人製作的。」

「嗯，而且古城口味本來就是這間店的招牌。」

這麼說來，有一種不能忽視的可能性。

「會不會只是意外？譬如說，戴著戒指製作馬卡龍時，不小心把戒指掉進了……甘納許……之類的內餡？」

「這樣太拗口了，我們就統一說成內餡吧。」

小佐內同學做了這個開場白之後，稍微停頓片刻。

「戴著戒指製作甜點的甜點師傅不是沒有。我沒看過日本的甜點師傅在工作時戴著戒指，但確實有法國的甜點師傅會這樣做……不過，內餡是放在擠花袋裡擠出來的，就算戒指掉進內餡，也會被卡在擠花嘴裡面。」

「所以不可能是意外？」

她朝我點點頭。

這麼說來，這個戒指就是故意夾在馬卡龍裡面的。到底有什麼理由要這樣做呢？

我想得到的理由只有一個。

「所以應該是有人想要藏起戒指，但是看看身邊，只有做到一半的馬卡龍……之類的。」

我想像著小偷被警察追捕時把戒指藏進馬卡龍，然後若無其事地讓警察搜身的情節。

但小佐內同學似乎在想其他的事，她沉默不語，再次把手伸向開心果口味馬卡龍。

「對不起唷，我的馬卡龍……」

她一邊喃喃說道，試著剝開馬卡龍。

令人意外的是，馬卡龍沒有分開。餅皮表面出現裂痕，上方的薄皮脫落了，但海綿狀的部分還是緊緊地貼在內餡上。

小佐內同學用悲傷的目光看著模樣悽慘的馬卡龍，喃喃說道：

「果然如此。馬卡龍是剝不開的。」

「黏住了嗎？」

「不是。兩片馬卡龍夾住內餡之後，要放進冰箱裡冰一天，在這段時間內，外皮和內餡會緊緊相黏，即使之後拿出來退冰，還是會黏在一起，無論怎麼搖晃或滾動，馬卡龍都不會分開。」

原來她有滾過馬卡龍啊。馬卡龍的形狀看起來確實挺好滾的，我理解她為什麼想這樣做。

「如果把內餡擠在一片馬卡龍上就拿去冰，之後再放上另一片馬卡龍，就可以輕易地剝開了。也就是說，這顆馬卡龍是故意做成這樣的。」

為什麼？

這還用問嗎！

當然是為了讓人容易發現戒指，也容易拿出來。如果把戒指藏在正常方法製作出來的馬卡龍裡，就得弄碎整顆馬卡龍才能拿出戒指。

小佐內同學搶先說出我心中想的事。

「所以這顆馬卡龍是特地做來當戒指盒的。」

不是意外，也不是用來藏東西，而是為了放戒指而特地做的馬卡龍。以邏輯來看應該是這樣。

可是，幹麼做這種事呢？把金屬放在食物裡太奇怪了。小佐內同學似乎發現我懷疑的表情，就對我解釋說：

「這並不稀奇，法國會在國王派裡放小陶偶，英國也會在聖誕布丁裡放戒指或頂針，美國還會在幸運餅乾裡面放籤紙。」

「這裡又不是法國。」

「這裡是法國甜點店。」

的確啦，在西式甜點店裡效法西方的習俗也不是毫無道理。

如果小佐內同學說的沒錯，那就是有人為了送出戒指而把馬卡龍當成盒子。雖然有點怪，從某方面來看確實挺浪漫的。戒指是貴重物品，最好在惹出麻煩之前送回去。不過，送戒指的人是誰呢？

「這一定是特別訂製的。有客人訂製放了戒指的馬卡龍，結果店員不小心弄錯，把特製商品放到我的盤子裡……」

小佐內同學還沒說完就停了下來，大概覺得不可能是因為店員的粗心。沒錯，這戒指馬卡龍又不是意外混進來，而是某人刻意放上來的。

還有一個小佐內同學沒想到的可能性。

「不一定是客人訂製的……這個說不定是工作人員的私人物品。」

就算這間店有賣馬卡龍，也不代表所有馬卡龍都是店裡的商品。說不定是店裡的某個甜點師傅在私底下製作，放進了自己準備的戒指。

小佐內同學點點頭，問道：

「我倒是沒想到這一點。小鳩，你覺得是哪一種？是特製商品還是私人物品？」

我盤起雙臂。憑著直覺，我會選擇後者，但我不確定自己有沒有辦法證明。我拿起紅茶，喝了一口。有點冷掉了。

「……如果是特製商品，會有三個問題。」

「三個？這麼多？」

「嗯。」

我放下茶杯。有一道光線照在我的眼睛上，我正覺得奇怪，光線就消失了，所以我沒放在心上，繼續說道：

「第一，戒指得先交給店家。店家應該不想要保管這麼昂貴的東西吧，又沒有保險箱。」

小佐內同學露出恍然大悟的表情。

「嗯，的確，店家絕對不會答應保管戒指的。」

「第二，就算是客人的要求，店家真的敢製作這種有可能害人誤吞異物的商品嗎？妳剛才說的國王……國王派？我以前看過傳單，上面好像註明了小陶偶是另外附贈的，沒有直接放在派裡面。」

「是啊，日本有很多店家都會這樣做。」

「因為日本沒有這種習俗，即使再三強調『裡面有小人偶喔！不要吞下去喔！』，之後真的有人誤食而受傷或生病，店家一定推卸不了責任，所以另外附贈也很合理。這個戒指馬卡龍不也是一樣的道理嗎？」

「我倒覺得不該由店家承擔責任……」

小佐內同學喃喃說道，然後輕輕點頭。

「但我明白你的意思。」

「好。第三點很簡單。這間店還沒開始提供馬卡龍外帶，在其他客人面前接受特別訂製，這樣不是很不公平嗎？」

小佐內同學沒有回答，大概是不贊同吧。

雖然我提出了三項問題，其實在解釋時，我已經想到了這些問題都有解決的方法。

「也很難說啦，如果店家只製作容易剝開的馬卡龍，讓客人自己放進戒指，第一和第二個問題就不存在了。」

我本來想自我檢討，但小佐內同學卻直接反駁：

「這是不可能的。戒指完全陷在內餡裡面，而且外皮和內餡都沒有裂痕，可見戒指一定是在內餡剛做好還很軟的時候放進去的。」

我沒注意到這一點。兩個人的觀察力果然還是遠勝一個人。

「這樣看來，戒指馬卡龍一定不是客人的訂製商品，而是甜點師傅的私人物品。我本來還在想，如果是特製商品要怎麼從廚房裡拿出來呢。」

Pâtisserie Kogi Annex Ruriko 的客席可以看到廚房，就算有看不見的死角，想要在眾目睽睽之下偷出特製商品放到小佐內同學的盤子上還是不容易。

「如果是私人物品，事情就很簡單了。」

「嗯。」

小佐內同學似乎已經明白了，但我為了整理清楚，還是繼續說：

「戒指馬卡龍若是私人物品，就不會放在廚房裡的冰箱，而是會放在員工休息室裡的冰箱。」

這間店的甜點師傅把藏了戒指的馬卡龍放在員工休息室的冰箱，結果被人偷出來，趁我被大時鐘的報時聲拉走注意力的時候放在小佐內同學的盤子上。現在還有很多細節不確定，但是跟一開始的混沌相比，已經整理出不少資訊了。

「為什麼甜點師傅要把戒指帶到工作的場所呢？」

我這麼一問，小佐內同學就鏗鏘有力地回答：

「因為要送的對象就在工作場所啊。我們還不知道甜點師傅住得近不近，不過若是要下班之後先回家拿戒指，再回到工作場所送給對象，應該很麻煩吧。」

「是啊，我也這麼想。」

把戒指放在沒有上鎖的員工冰箱裡面，當然有失竊的危險，事實上這個戒指確實被偷了。那位甜點師傅實在太不小心了，他一定覺得沒有人會發現馬卡龍裡藏著戒指吧。

小佐內同學已經洗好手了，卻遲遲沒有吃馬卡龍。從過去的經驗中，我知道她不會一邊推理一邊吃，而是會等到能集中精神的時候再專心享用。她拿起茶壺，把紅茶慢慢倒進茶杯，啜飲一小口，吞下去，立刻皺起臉來。她平時都會加很多砂糖，今天卻忘記加了。她嘆著氣說道：

「這樣我就知道這顆馬卡龍是誰做的了。」

「咦？」

現在只知道「嫌犯」是這間店的甜點師傅，但我們連這裡甜點師傅的人數和名字都不知道，要在這種情況下找出正確答案也太輕率了，根本不可能嘛。還是說……對了，小佐內同學這麼了解這間店，說不定她有甜點師傅的名單。不對，太奇怪了，她今天是第一次來這間店，而且我也不確定是不是真的有這種名單……

小佐內同學看到我困惑的模樣，歪著腦袋說：

「怎麼了？」

「呃，那個……製作戒指馬卡龍的應該是我們不認識的人吧……」

「……我剛才不是向你介紹過嗎？」

鏗的一聲，她把茶杯放到盤子上。

「放了戒指的古城口味馬卡龍是Pâtisserie Kogi創始者古城春臣的招牌。要送人像戒指這麼有意義的東西，不可能放在冠上別人名字的甜點裡面。所以，送戒指的人一定是古城春臣……小鳩，你想想看，如果不是他，那就代表有個員工用冠上自己老闆名字的馬卡龍來藏戒指送給心上人，這怎麼可能呢？」

5

「等一下。」

我不打算輕易屈服。

「古城春臣不是在東京嗎？」

「小鳩，古城春臣的工作場所確實在東京，但是有一種東西叫新幹線，他有事的話搭車過來就好了。」

我的意見一下子就被推翻了。

小佐內同學拿著剝開的古城馬卡龍，仔細凝視。

「如果古城春臣來了，我就明白名古屋分店今天為什麼能提供還沒解決採購問題的古城口味馬卡龍了。名古屋分店沒辦法製作古城口味馬卡龍，所以一定是在東京製作的。

可能是古城春臣希望新分店多少也能賣一些，所以自己帶了過來。他現在不在店裡或許是去談生意，譬如為了採買古城口味的材料去找人溝通，等到打烊時就會回來把戒指送給心上人了。」

「所以他來名古屋的主要目的就是為了送戒指？」

「不一定，搞不好他的主要目的是為了吃鰻魚飯……」

總之不管他有多少理由，送戒指必定是其中一個。

小佐內同學認為會利用冠上古城名字的馬卡龍來送戒指的甜點師傅只有古城春臣一個人，這是以我的推理方法絕對想不出來的見解。雖然這件事讓我心情有點複雜，但我也只能同意她。討論到現在，我們的推理差不多要進入重頭戲了。

也就是說……

「那麼戒指為什麼會被放到妳的盤子上呢？」

既然已經有這麼多資訊，我大概也猜得出來。

「照理來說嘛……」

小佐內同學說道。

「應該是為了不讓古城春臣送出戒指。說得更清楚一點，這是為了妨礙他談戀愛。」

「戀愛啊……」

只要扯上這個關鍵字，人的行動通常會變得很不合理，讓我無法順利推理，最後導向我不樂見的結果。這下子事情麻煩了。話雖如此，到這個地步還得放棄就太令人火大了，而且我們也得想辦法處理這枚戒指。我嘆了口氣，提出論點。

「如果是要阻止他送出戒指，只要把戒指偷走就好了，為什麼還要放到妳的盤子上？把這東西放在客人的盤子上，不是會把事情搞大嗎？」

小佐內同學默默地點頭。

「若是客人發現也就算了，如果妳不小心吞下去，商品摻入異物的事就會鬧出大事，這樣不但會讓新開張的分店評價一落千丈，若是上了新聞，連東京總店也會跟著遭殃。與其說凶手是為了妨礙古城春臣談戀愛，我倒覺得更像是為了搞垮他的店。」

小佐內同學還是沒有開口，默默地從小糖罐裡舀出兩勺砂糖放進杯中，像在拖時間似地慢慢攪拌，拿起來啜飲，然後露出滿意的微笑。

「的確，如果有人吃了戒指馬卡龍，一定會引起大騷動。」

然後她放下杯子。

「但我並沒有真的吃下去，換成是其他人應該也不會吃的。看到三顆馬卡龍莫名其妙變成四顆，沒有人會開開心心地吃下去吧。」

我真的以為小佐內同學會開開心心地吃掉……不過她實際上並沒有吃，我對她的偏見可能太深了。

「如果凶手想要利用古城春臣的戒指讓客人吃下有異物的馬卡龍來搞垮這間店，應該把客人盤子上的古城口味馬卡龍調包才對。如果沒有客人點古城口味馬卡龍，也該把三種口味的其中一種調包。可是這人只把戒指馬卡龍放進我的盤子，並沒有拿走其中一顆。」

「嗯。」

「這手法太幼稚了。」

她的語氣隱含著一股陰暗的情緒。

「所以凶手的目的真的只是為了妨礙古城春臣談戀愛？」

小佐內同學搖搖頭。

「如果要妨礙他談戀愛，與其這麼麻煩地把戒指馬卡龍放到客人的盤子裡，還不如直接從馬卡龍裡偷走戒指，想要做得更徹底就丟在地上踩壞。可是凶手並沒有這麼做。把戒指馬卡龍放在客人的盤子裡雖然會引起騷動，但最後多半還是會回到古城春臣手上。這簡直像是為了平息事端而準備了後路。」

一道不知從何處反射來的光線在桌上游移著。

「凶手選擇這種方法會打擊到古城春臣和這間店，可見凶手對這兩者都有敵意。但這不是要徹底打垮他、讓他再也站不起來的強烈敵意，而是含糊不清、沒有決心、像小孩鬧脾氣一樣的幼稚敵意。」

她的分析很接近我用推理想出的結論。

「凶手沒有想好為自己脫罪的手段。能進入員工休息室的人不多，如果發生騷動之後仔細調查是誰把戒指馬卡龍拿給客人的，一下子就能找出來了。但凶手還是拿走戒指放到客人的盤子裡，這如果不是衝動之下不顧後果的行動，就是根本不擔心曝光或受罰的自殺式行動。我本來覺得是前者，但後者比較符合妳的分析。」

講到這裡，我歇息片刻，露出微笑。

「對了，古城春臣要送戒指的對象應該是瑠璃子吧。她的全名是？」

「田坂瑠璃子，古城春臣的左右手。嗯，我也是這樣想的。」

田坂瑠璃子是這間分店的店長，正如古城春臣很適合用古城口味馬卡龍來送戒指，田坂瑠璃子也很適合受贈古城口味馬卡龍。凶手抱持敵意的對象必定是古城春臣和田坂瑠璃子兩人。

好啦。

我們已經推理出小佐內同學的馬卡龍變多的理由，以及馬卡龍裡放了戒指的理由，現在最好的處置方式就是把戒指塞還給凶手，然後裝作跟這件事沒有任何瓜葛。要直接把戒指還給古城春臣也可以，但我們跟他又不認識，而且若被懷疑我們偷了戒指就糟糕了。如果交給店員好像會被問東問西，更不妙的是這樣恐怕會把古城春臣和田坂瑠璃子的關係洩漏給其他員工。一想到這說不定正是凶手的目的，我就不想採取這種手段。至於放進口袋嘛……這真的不是小市民會做的事。

「凶手是……」

我如此說道。

「可以自由進出員工休息室的人，而且不是這間店的員工，至少不是今天值班的員工。」

小佐內同學點頭。

「就算有員工可以瞞過你的眼睛，也不太可能光明正大地穿著制服走出來在我的盤子上放馬卡龍。對了，有沒有可能是負責接待的店員呢？」

這部分我倒是還有印象。

「時鐘響起來的時候，店員正站在展示櫃後面，除非她衝刺跑過來，否則一定來不及動手腳，而且她真的跑過來也會被我發現。此外，在工作中沒辦法一直拿著戒指馬卡龍，因為制服圍裙沒有口袋。」

小佐內同學沒有反駁，大概是同意吧。

「凶手知道古城春臣今天會來名古屋，而且知道他帶著戒指，至少是隱約察覺到。」

「凶手也知道戒指放在馬卡龍裡？」

「或許吧，也有可能是到處找，最後才發現是藏在馬卡龍裡。不過，就算凶手不知道戒指放在古城口味馬卡龍裡，至少知道古城春臣喜歡這種浪漫的作風。」

小佐內同學低聲沉吟，把食指貼在嘴脣上。

「……那一定是和他很親近的人。」

「我想也是。除了田坂瑠璃子以外，有沒有其他女性店員和古城春臣比較親近？」

「店員？」

小佐內同學訝異地叫道。

「店員，對耶，有可能。」

「妳想到是誰了嗎？」

「不，沒有。因為我想到的是其他可能性，所以有點驚訝。不好意思，你繼續說吧。」

我很想知道她想到了什麼可能性，但還是先說下去。

「好吧。唔……我想凶手應該還在店裡，不然就是在看得到這裡情況的地方，這樣才能掌控事態的發展。假使真的如妳所說，凶手打算讓戒指回到古城春臣手上，那就一定要緊盯著戒指，免得被人偷走。」

「……」

「凶手是獨自一人。如果有兩人以上，就能用更有效的方法來吸引我的注意力，不需要用時鐘報時聲這麼不可靠的方法。」

終於走到這一步了。

我迅速地掃視店內。獨自一人的客人共有三位。

穿著深色衣服、戴著大顆真珠項鍊、一臉滿足地用湯匙挖著蒙布朗的豐滿中年女性。

對著小鏡子專心整理瀏海、不確定是國中生還是高中生的女孩。

面對著筆記型電腦、一手端著快喝完的冰咖啡的男性上班族。

三個人的位置都離我們很近，硬要說的話，中年女性比較遠，而且她的蒙布朗好像才剛送來不久，但我光憑這點還不能斷定不是她。

「得先想想要用什麼條件來篩選……」

但是小佐內同學筆直地盯著我，露出刻意的笑容。

「謝謝你，小鳩，線索已經夠多了，接下來只要簡單試探一下就行了。」

小佐內同學拉開椅子站起來，拿著有戒指的馬卡龍，走向坐滿了人的熱鬧客席。

她停在女學生的面前，我不用豎起耳朵就能聽到她的聲音。

「妳是古城同學吧……惡作劇是不好的唷。」

6

女學生坐到我們這桌，她說自己叫古城Cosmos，名字寫作秋櫻，現在是國中三年級。她的自然捲頭髮染成褐色，臉上有雀斑，眼睛很大，但現在沮喪地垂著眼簾。光從外表來看，小佐內同學怎麼看都比較小，但兩人坐在一起時，小佐內同學很明顯是高中生，而古城同學看起來只像國中生，真是太奇妙了。

「妳……」

古城同學說到一半就停下來，做了一次深呼吸，才一口氣說出來。

「妳怎麼會知道？」

「妳一直在偷聽我們說話吧？」

小佐內同學直接了當地說道。

「剛才一直有光線在桌上和小鳩的臉上晃來晃去，害我老是分心。後來小鳩推理出偷放馬卡龍的凶手應該正在監視我們，我就想到這人一定是用鏡子在偷看這邊。而且……我站起來的時候，妳似乎嚇了一跳？」

小佐內同學的直覺和行動力真是令我望塵莫及。古城同學一副快要哭出來的樣子，肩膀不停地顫抖。

「對不起。」

「妳為什麼要做這種事？這不是妳爸爸的戒指嗎？」

聽到小佐內同學訓話似的發言，我終於明白她剛才說的「關於凶手的其他可能性」是什麼意思了。照我原本的想法，應該是Pâtisserie Kogi的某個員工嫉妒田坂瑠璃子得到古城春臣信任和愛情，才會妨礙古城春臣和田坂瑠璃子談戀愛，但小佐內同學根據相同的線索想到的卻是古城春臣的家人。凶手了解古城春臣的個性，也很清楚他的行程，還知道他打算送出戒指……的確，家人的可能性更大。這真是我的失策。

「爸爸他……」

古城同學無力地說了起來。

「以前一直隨身帶著結婚戒指，就算在工作中也一樣，我還以為那是因為爸爸很愛媽媽……沒想到媽媽過世還不到半年，他就開了Kogi Ruriko分店，真是不敢相信，太差勁了。今天他沒有放假卻跑來名古屋，我就知道一定有事……這間店開張時我有來過，所以我說要來拿爸爸忘記的東西，店員就讓我進休息室了。」

她游移不定的視線不時落到戒指上，接著又轉開目光。

「我看到冰箱裡有個盒子只裝著一顆馬卡龍，而且是古城口味，就知道一定是要送給那個女人的，結果打開一看就發現戒指……媽媽因為生病而受盡折磨，可是她一走爸爸就立刻跟其他人交往，一想到這裡，我、我就很想搞垮這間店，最好也讓爸爸顏面掃地……」

「那妳為什麼選擇我呢？」

小佐內同學用溫柔的語氣問道。古城同學舉起手指著我。

「我看過這種制服，知道你們不是附近的學生。如果不是住在這裡的人，多半會被時鐘的報時聲嚇得回頭。而且……如果是大人，可能會偷走戒指。」

也就是說，我和小佐內同學被選中是因為我們看起來不會把戒指據為己有。我真不知該說她很有眼光，還是該覺得自己被看扁了。

小佐內同學嘆了一口氣。

「……我明白了。那妳也會做甜點囉？」

突然被這麼問，古城同學意外地眨眨眼睛。

「呃，嗯，是的。爸爸會在放假的時候教我……」

「這樣啊。下次有機會再做給我吃吧，這樣我就可以忘了今天的事。」

小佐內同學從書包裡拿出筆記本和原子筆，寫下手機號碼，交給古城同學，她睜大眼睛看著那行數字，彷彿看到了未曾發現的考古學資料。接著小佐內同學又把放了戒指的古城口味馬卡龍交給她。

「我可以理解妳為什麼會生氣，但是把別人扯下水不太好喔。妳得找時間和爸爸好好談一談，知道了嗎？」

古城同學連續點頭。

「是的。那個……謝謝妳阻止了我。」

「好了，快回去吧，國中生在這種時間應該回家了。」

古城秋櫻轉身鞠躬，走了幾步又回頭看著這邊，然後小心翼翼地把藏著戒指的馬卡龍抱在胸前，離開了Pâtisserie Kogi Annex Ruriko。我看著她離去的背影，說：

「妳對她還真溫柔。」

她妨礙了小佐內同學享用期待已久的馬卡龍，小佐內同學卻沒有做出任何報復行為。我還事先想好了各種方法，以便在她出手的時候加以制止。

「我還以為妳會跟她說咧。」

「說什麼？」

她意興闌珊地問道，我回答：

「古城春臣在那女孩的媽媽還沒過世時就跟田坂瑠璃子在一起了。」

「嗯……」

小佐內同學果然也發現了，我對此並不驚訝。

聽說古城春臣在工作時也會把結婚戒指帶在身上，但小佐內同學說，她沒看過日本的甜點師傅在工作時戴著戒指。把這兩件事合起來看，再加上小佐內同學在電車上告訴我的事，就能得出一個答案……古城春臣把結婚戒指穿過鍊子，當成項鍊掛在脖子上。

不過，八個月前，也就是今年一月，照片裡的古城春臣沒有戴項鍊，他在那篇訪問之中發表了新分店的名稱是Pâtisserie Kogi Annex Ruriko。在西式甜點的業界裡，很多人在名店學習之後都會獨立開店，而田坂瑠璃子雖是古城春臣的左右手，畢竟只是一個員工，正如古城秋櫻的看法，古城春臣把她的名字放進店名當然代表著重要的意義。想必有某種理由令古城春臣相信田坂瑠璃子今後會一直待在Pâtisserie Kogi工作。或許古城春臣在那個時候已經不再帶著舊的結婚戒指，開始準備新的結婚戒指了。

古城秋櫻說她媽媽過世還不到半前，也就是說，至少在她過世的兩個月前，古城春臣就開始考慮下一任妻子的事了。這個事實一定會令古城秋櫻很難過。

小佐內同學用緩慢的動作把已經變冷的紅茶拿到嘴邊。

「你說的事我也想到了。」

她停頓了片刻。

「不過那女孩並沒有冒犯到我……而且我對小妹妹本來就很溫柔。」
我發出乾笑，和她一樣端起茶杯。溫溫的紅茶流進我講話講到發乾的喉嚨。
最後我還想問一個問題，雖然有些不懷好意。
「小佐內同學，妳對古城春臣幻滅了嗎？」
她伸出纖細的手指，拿起了擱置已久的綠色馬卡龍。
「怎麼會呢……你應該知道吧。」
期待已久的馬卡龍接觸到嘴唇時，小佐內同學露出和煦的微笑。
「比起別人的戀愛，我對馬卡龍更有興趣。」

紐 約 起 司 蛋 糕 之 謎

1

我和小佐內同學有過約定，要保護彼此不被麻煩事糾纏，並且監視彼此是否遵守自己由衷發下的誓言。不過這個約定的空間只限於學校，時間只限於上課日，我從來沒有在假日和小佐內同學在學校外見面過。所以在十月某個涼爽星期五的午休時間，小佐內同學在走廊上叫住我，問我「這個星期日能陪我一下嗎？」的時候，我非常地驚訝。

午休時間的走廊上有很多同年級的學生來來往往，其中有幾個人興致盎然地看了我們一眼。我和小佐內同學是夥伴，大家誤會我們在交往反而對我們比較有利。我擔心事態嚴重，有需要保密，所以壓低聲音問道：

「會很麻煩嗎？」

但小佐內同學搖頭說：

「不會很麻煩啦。我只是要去參加校慶，想找你一起去。」

她說的當然不是我們船戶高中的校慶。附近有高中要在星期日舉行校慶嗎？我一向不關心這種事，所以想不出來。

「哪裡的校慶？」

「禮智中學。」

「喔，是國中啊。」

我好像在哪聽過這所學校，可能是劍道或柔道很出名吧。這好像不是本市的學校，意思就是要叫我出遠門。

「我現在可以問妳為什麼想去參加人家的校慶嗎？」

我的意思是可以先換個地方再問，小佐內同學想了一下，乾脆地回答：

「要解釋起來會很冗長，簡單一句話，那裡會賣甜點。」

喔……

我有點在意，陪她去外縣市的中學吃蛋糕也包括在我們的互惠關係中嗎？如果她只是想找人陪，我一定會拒絕。除非小佐內同學需要有人幫忙開脫，而我能為她提供協助，我才願意在星期日陪她一起去吃蛋糕。

我很直接地問了重點：

「我去有意義嗎？」

「有啊。」

她立刻回答。那就沒辦法了。小佐內同學不會只因為「一個人去感覺很可憐」就把我找出去，一定有特別的理由。

「我知道了。好吧，星期日是吧，妳再傳訊息告訴我細節吧。」

「嗯。」

我轉身就要走回教室，小佐內同學卻喊道：

「那個，小鳩。」

我回頭一看，小佐內同學的臉上充滿了期待與喜悅。

「他們的校慶……會賣紐約起司蛋糕喔！」

我露出微笑，但腦中想像的是華爾街那些沒血沒淚的投機客為了起司蛋糕期貨市場交易而爭得你死我活的景象。事實一定不是這樣吧。

2

禮智中學是名古屋千種區的私立學校，從地圖看來，旁邊還有一所禮智高中，所以可能是直升學校吧。

星期日，我們分別走不同路線到目的地。如果約在車站碰面再一起搭電車去，我就可以在路上慢慢問小佐內同學為什麼要拉我一起去，但她要買伴手禮，所以會走其他路線。我有想過穿制服是不是比較好，但她並沒有這樣要求，所以我穿了素面襯衫和卡其褲。我從名古屋站下車，在完全不熟悉的地下街徘徊許久，好不容易才搭上地下鐵。

到了目的地的車站，我走上地面，室外吹著舒適的秋風。地下鐵的出口正前方有一張告示牌，除了市民會議中心和跳蚤市場的傳單之外，還貼著禮智中學校慶的海報，海報中央畫了大大的卡通人物圖案，上面是五花六色的「禮智中學校慶」字樣，看起來很華麗，還有一行「展翅飛翔」的標語。

我不太記得要怎麼從地下鐵站走到禮智中學，不過好像很多人要去參加校慶，只要跟著人群就不會迷路了。我走到了住宅區，旁邊出現長常的暗紅色磚牆，牆裡種著綠色植物，密密實實地遮住裡面。這裡應該就是禮智中學吧，不然就是一間大豪宅。

沒多久我就看見了校門。莊嚴的鐵門大大地敞開，門後是色彩鮮豔的手工搭建歡迎拱門，上面寫著「第十七屆校慶」，沒想到這所學校的年紀這麼輕。想到這裡再仔細觀察，我才注意到白色校舍的冷硬設計頗有現代風格。

走進校門之後，右邊是比我們船戶高中更小的操場，操場中央有圓木堆成的井欄，裡面燒著火。井欄大概有一點五公尺寬，比一般的篝火更大，但還沒大到火花四濺。這看起來比較像營火，但校慶又不是露營，或許有其他稱呼，像是「團結之火」或「羈絆之炎」之類的。

白色校舍上掛著「歡迎參加禮智中學校慶」的布條，此外還有很多寫著「手球社打進東海大會」、「柔道社打進全國大會」、「柔道社打進秋季大會」之類的布條。我在國中時不曾經聽過有社團打進全國大會，看來這所學校的體育風氣很興盛。

我和小佐內同學約好下午兩點在校門見面，現在只差兩分鐘就到兩點，說不定她已經來了……因為校慶是在假日舉行，校內有很多不像學生的人，也有很多不像國中生的小孩，我不時聽見他們又叫又笑的聲音。

小佐內同學的喬裝技術十分高明，但我的觀察力也不差。我發現歡迎拱門的後面稍微露出運動鞋的鞋尖，鞋子尺寸很小，而且那人一動也不動，好像是在埋伏。真是百密一疏、不夠嚴謹的躲貓貓呢，我一邊這樣想，一邊慢慢走向拱門。

「久等了，小佐內同學！」

我突然探頭看向拱門後方。

一個陌生的女孩露出害怕的表情。

「咦！你、你是誰？」

我想解釋自己不是可疑人物，卻發不出聲音。女孩神情僵硬，眼看就要大聲喊叫……

「……小鳩，你在幹麼啊？」

一個搶先染上了冬天氣息的冰冷聲音從後面傳來。我回頭望去，穿著圓領白上衣配深橘色針織外套、拎著小型波士頓包的小佐內同學露出白眼、跨開雙腳站在後面。

「不是啦，我是因為……」

小佐內同學不理會我的解釋，蹲在小女孩面前。

「沒事的，這個哥哥雖然不了解人心，但也不是壞人喔。」

這樣介紹我太過分了，而且她自己還不是一樣。小女孩露出迷惘的表情，好像不知道該不該放心。啊，她默默走掉了。小佐內同學看著小女孩離去的背影，慢慢站起來。

「小鳩，這樣嚇小朋友不太好喔。」

「我又不是故意的……原來妳一直站在旁邊看？」

「你在說什麼啊？」

她歪著腦袋，一副真心聽不懂的樣子。

小佐內同學彷彿什麼都不知道……這麼精湛的裝傻技巧，可能除我以外的所有人都會被騙過去吧。

接下來由小佐內同學帶路。

學校沒有幫校外人士準備鞋櫃和室內鞋，而是直接讓人穿鞋子走進去。校舍門口鋪了很大的地毯，貼在一旁的紙條寫著「請在這裡抖落衣服髒汙」。我只是拍拍衣服上的灰塵，但小佐內同學沒有表現出任何反應，我只好乖乖地在地毯上擦淨鞋底。

走廊上貼著充滿了卡通人物和裝飾文字的海報，還有路標寫著每個方向有什麼可以參觀。穿著室內鞋的禮智中學學生和穿著外出鞋的外賓都是滿臉笑容。走廊上有張桌子放著導覽，我們各自拿了一張。

小佐內同學仔細看過導覽裡的學校平面圖，就默默地向前走。我沒有問她要去哪裡，所以只能在後面跟著。我們轉彎兩次，走出穿廊，就聽見了可愛的吆喝聲。

穿著深藍偏綠水手服的女學生圍著白圍裙、頭戴三角巾，高高揮手招呼客人。

「我們是甜點製作同好會！歡迎光臨我們的咖啡廳！」

這同好會的名字取得真直接。

我和小佐內同學都不參加課外活動。雖然我們各有所學，但是因為沒有參加學校社團，所以不太習慣這種熱鬧的場合。小佐內同學的目標果然是這裡，她逕自走進教室，我向招呼客人的女孩點頭致意之後也跟著走進去。

「哇……」

教室裡瀰漫著甜香，令人忍不住想深吸一口。這裡似乎是家政課的實習教室，整齊羅列的工作桌上鋪著餐墊，用來代替餐桌。現在正好是下午茶時間，客人非常多，穿戴著圍裙和三角巾的學生們在熱鬧滾滾的教室裡忙東忙西。

其中有一個人看見我們就笑逐顏開。

「啊！小由紀學姊，妳真的來了！」

白色三角巾下露出染成褐色的自然捲頭髮，靈活的大眼睛下面散布著雀斑。上次見面時她沮喪得像是世界末日來了，今天卻活潑得簡直要跳起來。她是知名甜點師傅古城春臣的女兒——古城秋櫻。我們之前因為一些小事而相識，但我不知道她後來還有跟小佐內同學繼續往來。

「小由紀學姊……」

我忍不住喃喃念道，小佐內同學瞄了我一眼。

「不行嗎？」

也不是不行啦……

古城同學的視線直盯著小佐內同學，片刻都不曾移開。就連站在小佐內同學身邊跟她說話的我，古城同學都沒看過一眼。

「我有跟妳說過，我要帶小鳩一起來。」

「妳好，好久不見。」

我對古城同學說道，但她還是沒看我，只是笑容滿面地回答：

「沒關係的！」

這令我無法不注意到她的執著。

「很忙嗎？」

「託妳的福，我們生意很好。不過還有位置，請往這裡走。」

我們被帶到看得見操場的窗邊座位。穿著圍裙的古城同學用紙杯端來了開水，但她把開水放在桌上時，眼睛還是只看著小佐內同學，完全不看我，我有點擔心水會濺出來。

「小由紀學姊，妳要那個對吧？」

小佐內同學點頭說：

「嗯，紐約起司蛋糕，兩份。」

「附紅茶嗎？」

「嗯。兩份。」

她一再強調兩份，恐怕是因為她若不這麼說古城同學就不會拿來我那一份。古城同學點頭說「好的！」，走回穿圍裙的學生聚集的角落。我看著她的背影，在室內喧嘩聲的掩護下小聲問道：

「……妳是專程來看古城同學嗎？」

小佐內同學用雙手圍起紙杯，輕輕握住，然後又放開，盯著水面上的波紋。

「是她邀請我的，她說校慶時要做蛋糕。不好意思，之前都沒機會告訴你。」

「妳找我一起來是因為不想和她獨處嗎？」

「差不多，但不太一樣。」

小佐內同學望向正在忙碌的古城同學。

「在馬卡龍那件事以後，我跟古城同學就親近起來了。她的爸爸確實是我崇拜的甜點師傅，就算不是這樣，她也是個好女孩。雖然她跟爸爸有過很多不愉快，但她也想當甜點師傅，還烤了餅乾送給我，真的很好吃，所以我誇獎她『妳很努力唷』。」

「嗯。」

「古城同學也莫名地仰慕我，她很誇張地說我是甜點大師，一到晚上就打電話給我，週末還會跑來找我，我就帶她去了幾間甜點店。小鳩，我還沒帶你去過櫻庵吧？」

「嗯。」

「那我改天再帶你去。後來古城同學說她和同好會的朋友要在校慶的時候做紐約起司蛋糕，那些朋友並不打算成為專業的甜點師傅，但她還是常常抱怨他們，說他們缺乏專業素養。之後她開始叫我小由紀學姊，最近連平日都會搭電車來找我。所以……」

哎呀，她真的很受愛戴呢。

剛才小佐內同學很不客氣地批評我不懂人心，但是只要有線索，我還是能推測出來。

也就是說，她星期日會帶我來這裡是因為……

「妳想讓她知道妳也有自己的生活？」

小佐內同學並不討厭古城同學，但她還有其他朋友，甚至有「正在交往的對象」，所以不會只和古城同學來往……她把我一起帶過來，就是為了讓古城同學明白這件事吧。

這樣我就懂了。我不認為小佐內同學只是想和我一起在星期日享受蛋糕，所以不斷思索到底有什麼理由。若是因為這樣，確實包含在我們的互惠關係之內。我就坦然地幫她這個忙吧，改天再把這份人情討回來。

古城同學用塑膠托盤端著蛋糕和紅茶，笑容滿面地走過來。

「久等了，這是紐約起司蛋糕和紅茶套餐！」

小佐內同學的紅茶裡已經加了牛奶，古城同學大概是想表現她很了解小佐內同學的喜好，結果只是造成反效果，而且感覺還有點像在鬧脾氣。她始終堅持漠視我，也表現出了她對小佐內同學的占有慾。

蛋糕切成扇形，整個都是白色。我平時不太喜歡吃甜食，但起司蛋糕我還是知道的。我盯著眼前的蛋糕喃喃自語。

「這是生乳酪蛋糕嗎……」

「不是。」

小佐內同學拿著叉子，露出老鷹一般的銳利目光。

「不是嗎？有什麼差別？」

「這個嘛……」

她說到一半，就朝古城同學望去。

「……還是讓店員來解釋吧。」

古城同學突然被點名，臉上露出疑惑的表情。她彷彿如今才發現我似地朝我看過來，然後又用求救的眼神看著小佐內同學，但小佐內同學沒有任何反應，她只好認命地解釋說：

「生乳酪蛋糕不用烤，紐約起司蛋糕是隔水烘烤的。」

「隔水烘烤？」

她又瞄了小佐內同學一眼，像是在說「我該怎麼跟這個人解釋呢？」。小佐內同學嘆了一口氣，放下叉子。

「先把蛋糕的材料放進烤模。」

「嗯。」

「然後把烤模放進裝了水的深烤盤……就是邊緣較高的不鏽鋼盤，放進烤箱裡面烤，這就是隔水烘焙，優點是這樣烤出來的蛋糕比較濕潤。」

我聽得似懂非懂。這樣做有什麼意義嗎？

「到底是怎麼個濕潤法，你吃過就知道了。」

聽到小佐內同學這句話，古城同學慌張地說：

「那、那個，我們當然是很用心地製作，但我不確定能不能讓小由紀學姊滿意……」

小佐內同學又拿起叉子，微笑著說：

「沒問題的。我很期待。」

古城同學把托盤抱在胸前，紅著臉說：

「我要回去工作了！」

然後就跑掉了。我因感念她教導我新詞彙的恩情，所以用譴責的眼神望向小佐內同學。

「不需要故意給她壓力吧，這樣她太可憐了。」

「我真的很期待嘛。」

她若無其事地說。

總之紅茶和蛋糕就擺在眼前，小佐內同學已經迫不及待了，我也拿起叉子。要開動了。

我把叉子刺進純白的蛋糕，立刻有一種異樣的觸感。比我想像的更硬呢……不對，與其說是硬，還不如說是有彈性，雖不至於把叉子反彈回來，但已經足以令我感到意外了。我享受著這種觸感，慢慢切開蛋糕，把一小塊三角柱形狀的蛋糕放進嘴裡。

……哇！

小佐內同學和古城同學都用「濕潤」來形容，在我看來應該是「緊實」。明明不會很甜，但味道很豐富，感覺像是滋味經過了濃縮。這真的很有趣，也很好吃。

我抬起頭來，發現小佐內同學完全不在乎我的感想，只顧著享用自己的蛋糕。她的叉子上上下下，臉上是沉浸在幸福中的微笑。她這麼享受真是令我羨慕，製作蛋糕的人看到這種表情一定會很開心，我忍不住同情為了莫名其妙的顧慮而跑掉的古城同學。

除了這種想法以外，我也覺得有點奇怪。我是第一次吃紐約起司蛋糕，才會因為新鮮感而大感意外，但小佐內同學應該不會感到意外。

「嘿，小佐內同學。」

我叫了看著一下子就僅剩無多的紐約起司蛋糕、露出悲傷表情的小佐內同學。

「真是令我意外，太好吃了。就算是以妳的標準，這蛋糕也做得很好吧？」

小佐內同學歪著頭說：

「你是問我好不好吃嗎？嗯，很好吃啊。」

「比妳吃過的所有起司蛋糕都好吃？」

我不太相信國中校慶賣的起司蛋糕能讓小佐內同學滿意，她可是深愛著各國甜點，到處尋訪好吃的甜點店，還不遺餘力地蒐集相關資訊，雖然基於預算的考量或許吃不到全世界最棒的甜點，但她一定吃過很高級的美味甜點。她吃過那麼多好吃的甜點，還會覺得這紐約起司蛋糕好吃嗎？

小佐內同學肯定看出了我一再詢問的原因，她放下叉子，端正姿勢，說道：

「小鳩，事情不是這樣的。沒必要把甜點製作同好會和知名甜點師傅放在一起比較，如果你吃的是一百圓的巧克力片，心裡卻想著『還是Godiva的比較好吃』，那不是很可笑嗎？」

「是這樣嗎……」

「就是啊。」

她加強了語氣。

「專業甜點店做出專業的美味，手工蛋糕做出手工蛋糕的美味，零食做出零食的美味，這樣就足夠了。隨時追求最頂級的美味看起來或許充滿理想、很帥氣，但若吃什麼都要比來比去的，那也太做作了。」

「意思是妳無論吃什麼都覺得很幸福？」

「怎麼可能？難吃的東西當然不行啊，偷工減料的東西更加不行，這樣一點都不好……若是用做作的態度來評論，這蛋糕當然不是最頂級的，但是的確很好吃，也沒有偷工減料，更重要的是我現在吃得很開心。」

小佐內同學又吃了一口起司蛋糕，露出微笑。

「就是這麼回事喔，小鳩。」

3

當我一邊回味蛋糕的滋味一邊喝著紅茶時，脫下圍裙和三角巾的古城同學走了過來，她的表情有些不安。

「那個，怎麼樣呢？」

小佐內同學微笑著回答：

「很好吃唷。」

「太好了……！」

古城同學按著胸口大大喘氣，她還是一樣看都不看我，往小佐內同學貼近。

「我請人幫忙值班了。等一下我要出去逛逛，小由紀學姊也要一起去嗎？」

小佐內同學往我瞄了一眼。這是個隱晦的暗號。既然小佐內同學的目的是要和古城同學保持適當距離，那我應該跟她們一起去嗎？

我想了一下，就站起來說：

「那我也去逛一下，晚點再用訊息聯絡吧。」

我陪小佐內同學來咖啡廳，她的目的就已經達成了，我沒必要再跟她們一起行動。小佐內同學似乎也是這樣想的，她對我輕輕地點了個頭。

我留下小佐內同學，起身付帳，然後走出家政教室。我沒看到招呼客人的店員，可能是代替古城同學去客席服務了。

我要直接回家也行，但是來都來了，趁機玩一下才是小市民該採取的行動。我攤開從校舍門口拿來的導覽。

「喔？」

夾在裡面的一張小紙片落到地上。我撿了起來，看到上面寫著：

【柔道社表演賽中止。 校慶執行委員會】

我看看導覽，裡面確實有柔道社表演賽的項目。不知道中止的理由是什麼，說不定是某個人臨時發現校慶時表演這種東西很奇怪吧。

有一個班級要在體育館的舞臺演出「犬神家一族」，我有點想看，遺憾的是已經演完了。現在快到三點了，校慶活動四點落幕，接下來就是落幕慶祝活動，所以現在大部分的活動都結束了。

電腦社的活動是「紅白機再現」，我只聽過任天堂紅白機，但沒有親眼見過，不禁有點好奇，很想知道那是怎樣的東西。四樓還有用一整間教室搭成的立體迷宮，破解迷宮應該不算違反我和小佐內同學約好不再解謎的約定，而且我也很想挑戰一下自己的實力。要去看紅白機，還是去玩立體迷宮？我遲遲做不出決定，乾脆丟硬幣吧。我拿出十圓硬幣，如果是正面就去看紅白機，如果是背面就去玩迷宮。

叮的一聲，十圓硬幣飛上半空。我本來想憑空接住，結果沒有抓準，硬幣滾了出去。我急忙追過去，最後硬幣撞到牆壁而倒下。是背面。那就去迷宮吧。

我朝四樓走去，一路上都貼有「1-B　鬼屋」、「2-D　愛麗絲夢遊仙境」之類的告示，樓梯間的布告欄就更不用說了，華麗的大量傳單令我看得目不暇給。我在國中的時候從不參加這些活動，除了沒興趣以外，或許也因為我都把沒興趣表現在臉上，所以很少人邀請我參加社團，頂多是幫忙一下班上的活動。

爬到三樓的時候……

「氣球免費贈送！」

突然有人把氣球遞到我的面前，我本來想拿，但是想到等一下要去迷宮，帶著氣球會礙手礙腳，所以還是婉拒了。爬到四樓時……

「折價券大放送喔！」

有人把手寫的折價券遞給我，那似乎是一年C班辦的咖啡廳，很不巧的是我已經吃過點心了。看這粗製濫造的折價券，他們的班級一定還沒達到目標營業額吧，可惜我幫不上忙。

禮智中學的教室在走廊這一邊也有窗戶，搭了迷宮的教室把所有窗戶都用黑布遮住。看起來挺有模有樣的嘛。我一副很閒的模樣靠在門口旁邊的牆上，此時有個綁著頭帶的男學生走了過來。

「現在還能進去嗎？」

我說出了不知道店家營業時間的時候會說的話。男學生挺直背脊，露出放鬆的笑容。

「當然！你要玩嗎？」

我點點頭，他就給我一支小手電筒。

「裡面很暗，有需要的話就用吧。只有第一次可以計時，你要計時嗎？」

「不知道耶……我有點想在裡面慢慢逛。」

「你可以再玩第二趟啊。」

「那就幫我計時吧。一進去就開始嗎？」

「是的。準備……」

男學生拿出碼表，我把手按在教室門上。

「開始！」

立體迷宮挺有趣的。他們把紙箱當成牆壁，用桌子椅子撐住，光是在黑暗狹窄的通道裡鑽來鑽去就很好玩了。

我走出迷宮的速度還挺快的，但不至於快到名列前茅。我有點懊惱，但也無可奈何。平面迷宮比較簡單，但是想要迅速破解第一次接觸的立體迷宮，運氣占了很大的成分。如果計時三次，採取成績最好的一次，應該比較有趣吧。雖然實行起來會很累。

「謝謝惠顧！」

我離開了帶給我適度愉悅的迷宮。現在快三點了，到處都開始收拾。參加校慶約在下午兩點也太晚了，根本沒時間好好享受……話雖如此，小佐內同學應該是故意安排的吧。如果來得太早，她就得跟古城同學相處大半天，所以才故意跟我約兩點。

我從走廊的窗戶望向操場，營火在操場中央熊熊燃燒，周圍放著一些紅色的東西，那些應該是用來防火的水桶。有四盆種了花的花盆擺在營火四周。

我聽說過有些學校在校慶結束後會圍著火堆舉行慶祝，但從來沒有親眼見識過。火一旦管理不善鐵定會引發大麻煩，就算是在比較不容易引起火災的操場中央起火還是很危險，該說他們不愧是私立學校嗎？我都有點羨慕了。

有兩個女生走向火堆，其中一人穿著水手服，另一個人穿著便服，穿便服的那位拿著兩個氣球。剛才也有人發氣球給我，不過她拿兩個也太貪心了。

咦，那不是小佐內同學嗎？

那她身邊的人應該是古城同學吧？我不知道她們為什麼要走近營火，或許是古城同學想讓小佐內同學近距離觀賞吧。我漫不經心地望著，看見她們停在營火前，手往前伸。現在是秋天的黃昏，風有點冷，但還不至於需要烤火取暖，她們的行動看起來很奇怪。

她們到底在幹麼呢？當我這麼想的時候……

操場角落有一個人衝過來，他穿著學生制服，可見是這所學校的學生。他跑得很快，簡直就是拼盡吃奶的力氣狂奔，但他一邊跑還一邊不斷地回頭看。

就在我感到不解時，那個男生跑向操場中央，前方就是小佐內同學她們。以那種速度來看，或許他根本沒注意到小佐內同學她們。

我把手伸進口袋，想要拿出手機，但我不認為現在還來得及打電話提醒她。兩個女生沒有注意到男生跑過來，而男生只注意背後。我想打開窗戶警告操場上的兩人，但窗戶鎖上了，沒辦法一下子就打開。

在撞擊的前一刻，雙方終於發現彼此的存在。穿著水手服疑似古城同學的女生僵在原地，穿著橘色針織外套疑似小佐內同學的女生急忙往後退，男生也注意到她們兩人，所以改變了前進路線。從結果來看，這真是個錯誤的決定。

須臾之間，穿便服的女生被撞飛，男生也撲倒在操場上，滾了好幾圈。我從這麼遠都看得出來那男生的體格很壯，被他撞到可不是開玩笑的。我立刻轉身跑向樓梯。

我心中只有一個願望，希望小佐內同學平安無事。

因為如果小佐內同學受傷了，我還得負責送她回去……

4

我是第一次進這棟建築物，所以迷路了一下，幾分鐘之後才到達操場。

只有幾個學生遠遠地圍著營火，沒有像是老師的大人。古城同學一臉茫然地站在那些人之中，手上拿著一支插著紅色物品的竹籤。我沒看到小佐內同學。

她是因為受傷而被送去保健室了嗎？我知道古城同學不喜歡我，更正確地說，我知道她不喜歡我妨礙她獨占小佐內同學，但是現在知道事情經過的只有她。我跑過去，向她問道：

「真是大災難啊。小佐內同學怎麼樣了？」

古城同學認真地盯著我的臉看。在咖啡廳的時候她從頭到尾都沒看過我一眼，現在可能是她今天第一次看我。她的大眼睛都泛紅了，像是努力忍住眼淚。

「……妳沒事吧？」

「呃，沒事。」

古城同學此時才愕然地回過神來，收斂神色。她看看四周，然後壓低聲音說：

「學姊……被帶走了。」

「她被誰帶走了？帶去哪裡？」

「我不知道她被帶去哪裡。帶走她的人……應該是我們學校的學生……」

此時古城同學突然尖聲說道：

「小由紀學姊被綁架了！」

「啊？又來了？」

「啊？」

哎呀。

我極力說明現在的事比以前的事更重要，努力安撫要求我解釋剛才那句失言的古城同學。她雖然不太能接受，但她也同意現在最重要的是救出小佐內同學，所以暫時把心中的疑問擱置在一旁。

「剛才到底發生什麼事？妳先鎮定下來，好好地跟我說清楚。」

我雖然目睹了小佐內同學被男學生撞到的情況，但最好還是讓當時在場的古城同學從頭到尾詳細說明。我沒提起自己看到衝撞的那一幕，而是催她快點說。

「現在沒時間說這些了！我們得去救小由紀學姊啦！」

「當然要救……可是我們又不知道她被帶到哪裡，我得先搞清楚發生了什麼事，才知道要從哪裡找起。」

古城同學喃喃地抱怨著「真是慢條斯理」，但她應該也知道沒有其他方法，只好不甘不願地開始說明：

「……我們離開咖啡廳以後，我和小由紀學姊到處逛，拿了氣球，去了攝影社，看了愛麗絲的展覽……之後小由紀學姊說她忘了給我伴手禮，就把一個漂亮的紙盒交給我。」

對了，我記得她說過要買伴手禮。

「我很高興，立刻打開來看，裡面是五顏六色、像寶石一樣晶瑩剔透、我從來沒看過的棉花糖。我說很想把棉花糖烤來吃，小由紀學姊看看窗外，說『那就做吧』。」

那就做吧？難道說……

「你們想用這裡的火烤棉花糖？」

她有些尷尬地點頭。我很清楚小佐內同學只要是跟甜點有關的事都會特別執著，沒想到古城同學也不遑多讓。

從近距離來看，營火的規模並不大。圓木堆成的井欄只到我腹部的高度，火焰也不大，在這裡烤棉花糖還不至於有危險……營火四周擺了花盆就是不讓人靠近的意思，但她們卻不當一回事。

古城同學手上竹籤插著的紅色東西一定就是棉花糖吧，她到現在都還沒吃。我說「妳還是先吃掉吧」，古城同學有點悲傷地看著棉花糖，一口吃下去，喃喃說著「很好吃」。

總之我已經知道她們為什麼走到操場中央了。

「我們去賣日式甜點的班級要了烤糰子用的竹籤，接著走到操場，一邊聊著好吃甜點店的資訊　一邊走到篝火邊，把棉花糖插在竹籤上。」

我先前就想到，既然不是在露營，應該不能稱為營火，原來真的有其他的稱呼。

「正要開始烤的時候，突然聽到腳步聲，小由紀學姊向我大喊一聲『危險！』，我回頭一看，有個穿我們學校制服的男生一邊回頭一邊跑過來，我整個人都嚇呆了……事情發生得太突然，所以我記不太清楚。」

我目睹了衝撞的那一幕。小佐內同學想要躲開衝過來的男生，但那個男生也想要躲開小佐內同學，結果兩人就撞上了。

「我回過神的時候，小由紀學姊已經被撞飛了，但是沒有摔倒。她用手撐住地面，身體轉了一圈，勉強站穩了。」

「呃，小佐內同學有做防禦動作嗎？」

古城同學疑惑地歪頭。

「有嗎……我不確定耶。」

算了，總之她應該沒有受重傷。

「可是她快要跌倒的時候，包包的蓋子掀開，東西都掉出來了，棉花糖也散落在操場上。」

棉花糖掉了啊……我可以想像小佐內同學會有什麼感覺。

聽到事情發生的經過，我注意到一件奇怪的事。

「小佐內同學拿著棉花糖？那不是送給妳的伴手禮嗎？」

「是啊。」

古城同學回答，然後想了一下。

「為什麼呢……好像是在串棉花糖的時候她先幫我拿著，後來就一直拿著了。」

「棉花糖的盒子是什麼樣子？」

古城同學比出和她身體差不多的寬度。

「大概是這麼大的紙盒，圓圓扁扁的，外面畫了很多水果……這很重要嗎？」

「沒有啦，我只是有點好奇多大的盒子會妨礙妳串棉花糖。」

古城同學露出不滿的表情，大概覺得這種事情沒必要急著搞清楚吧，但她並沒有開口抱怨。

「後來發生了什麼事？」

「撞到她的男生摔得四腳朝天，他爬起來以後大聲地說『對不起』，然後和小由紀學姊一起撿拾掉落的東西。我正想幫忙撿，卻聽到校舍的方向傳來粗魯的呼喊，轉頭一看，有三個男生往這裡跑過來。」

我點點頭，示意她繼續說。

「撞到小由紀學姊的男生看到他們就想逃走，但他拖著一隻腳，可能是跌倒的時候受傷了，所以沒跑多遠就被抓到了，那些人還對他拳打腳踢。我也很擔心小由紀學姊，但看到這種事讓我非常震驚，我忍不住大喊『你們在做什麼』。」

「妳向他們大喊？」

「這還用問嗎？」

面前突然有人施暴，有多少人敢開口制止呢？老實說，我大概沒有這麼勇敢，但古城同學卻敢向他們大喊。或許因為是自己學校裡的事，所以讓她比較有安全感吧，不過她個性這麼強悍還真有意思。

「你笑什麼？」

「沒有……對不起，沒什麼。不好意思打斷妳的敘述，妳認識那些男生嗎？」

古城同學似乎不太有把握，但還是點頭說：

「應該是學弟吧。撞到小由紀學姊的男生是一年級的，之後跑過來的三個人是二年級的。」

「為什麼妳會這麼認為？」

「撞到小由紀學姊的男生在挨揍時一直說『對不起』、『請原諒我』，揍他的那三人還說了『你不知道自己只是學弟嗎』之類的話，所以我知道他們是不同年級的。而且，如果揍他的人是三年級的，我應該多少有印象，既然沒印象，多半是二年級的。」

原來如此。雖然不是確切的證據，但古城同學的觀察力應該可以信賴。

「妳可以描述一下他們的外表嗎？」

「呃……」

古城同學仰望著半空。

「三個人都很壯，像是會參加體育類社團的那種人。只有一個人比較高，其他兩個身高普通。三個人的臉我都沒看過。」

「可以再多形容一些嗎？」

「我討厭男生。」

古城同學如此說道，眼睛緊盯著同樣是男生的我。

「好吧，謝謝妳。那三個人追上一年級的男生拳打腳踢，妳試圖阻止他們，然後呢？」

「我不確定他是不是一年級的。」

「沒關係，先當作是這樣吧。」

不這樣的話很難講下去。古城同學也同意了。

「後來……」

她一開始說話，表情就黯淡下來。

「那三個人回答我『跟妳沒關係』，但還是停手了，他們一邊跟一年級男生說話，一邊在他身上摸來摸去，我很擔心他們又會開始施暴，可是他們突然朝我看過來。他們指著我不知道說些什麼，讓我覺得很不舒服，然後他們走過來……對我說『把ＣＤ交出來』。」

ＣＤ？

「妳是說音樂ＣＤ嗎？」

古城同學皺著眉頭，搖頭說：

「我不知道啦！」

唔……

如果是音樂ＣＤ，裡面放的只有音樂。如果是資料片ＣＤ，能放的東西就很多了，像是圖片、聲音檔、統計資料、電腦病毒等等。

「我有看到一年級的男生跑過來時拿著ＣＤ，但我不知道裡面是什麼。」

這是當然的。不過……

「咦？妳有看到那男生拿著ＣＤ？」

她點點頭。

古城同學親眼看到了一年級的男生拿著ＣＤ？所以那三個人就不是因為搞錯而追著手上沒有ＣＤ的人了。

「我回答『你們沒頭沒腦地說些什麼啊，真奇怪』，然後他們就望向小由紀學姊，叫著『是那一個』，跑過去圍著學姊怒吼『在妳手上吧？快交出來！』。」

「小佐內同學怎麼反應？」

「她說『你們在說什麼』，嘴角還顫抖著，好可憐……」

她可能很害怕吧。

說不定是在笑。

「可是那些人竟然把小由紀學姊的包包搶過去，打開來看。真是不敢相信！」

「這樣的確……很過分。」

「他們看了半天之後說『沒有』，既然找不到那就走開啊，可是他們堅信東西在小由紀學姊身上。我心想，是不是那個一年級男生在挨揍時騙他們說把東西交給小由紀學姊了？否則我不明白那些人為什麼一直懷疑小由紀學姊。」

古城同學認為他們是被一年級學生騙了才會懷疑小佐內同學，我倒覺得不見得。我還在思考，她繼續激動地說：

「小由紀學姊都說沒有了，他們還是不相信，甚至想把小由紀學姊帶走。我說要去叫老師，但是小由紀學姊說『沒關係，別大驚小怪』，我也不知道還能說什麼……結果學姊就依那三人的要求跟他們走了。」

「依那三人的要求？她不是被拖走的？」

她一臉不滿地回答：

「是啊，他們叫小由紀學姊跟他們走，學姊就真的跟他們走了……」

古城同學的眼眶又濕了。

「都是我害的！如果我沒說要吃烤棉花糖就好了！」

不對吧，她只是說想吃烤棉花糖，提議用篝火烤棉花糖的是小佐內同學。但我沒有糾正她。

「小佐內同學還有說什麼嗎？」

被我這麼一問，古城同學就氣憤地盯著我。

「這個……」

她欲言又止。

我沒有催促她，只是靜靜等著，最後她終於下定決心，清楚地說道：

「她說『沒關係，別大驚小怪，沒什麼大不了的』。還有……」

「還有？」

「……『去找小鳩』。」

啊啊。原來她猜到了我吃完紐約起司蛋糕之後還會繼續留在學校。可是……

「可是妳又不知道我的聯絡方式。」

「喔，這個嘛……」

古城同學露出一副不理解的表情。

「她說『妳一叫他就會過來』。」

……我又不是狗。

或許她是指用校內廣播找人吧。希望是這樣。

方法就先不管了，總之小佐內同學叫古城同學來找我。從結果來看，我確實自己跑來了，但小佐內同學為什麼覺得這種時候需要找我來？

以常理而言，她應該是希望我幫助她，像是「趕快把我從暴力的神祕三人組手中救出來吧」。但我覺得有點奇怪，我不知道那三個人是誰，他們敢在外賓眾多的校慶日把女孩子帶走，實在太輕率了，如果古城同學真的把老師找來，他們就只能收手，結果他們還是帶走了小佐內同學，這是為什麼？

想當然爾，這是因為小佐內同學沒有反抗。小佐內同學跟古城同學說「沒關係」，叫她不要聲張，主動跟那群人走了。

真是的！我們明明約好要阻止彼此恢復壞習慣，難道她都忘記了嗎？簡單說，小佐內同學是要叫我來解謎。而她要我破解的謎題……

「CD到底去哪了？」

就是這件事。

5

十月的黃昏，開闊的操場上吹著冷風。篝火的木柴發出嗶啵聲，站在火旁邊確實很溫暖，但我的臉頰被燻得有些刺痛。

我們站在操場中央，沒有人朝我們走近。我還以為騷動會引來一些人，事實卻不如我所想。當時一定有很多人看到了，難道他們都抱持著小市民明哲保身的原則假裝沒看到嗎？如果是這樣，那我真該好好學習。

此時突然傳來校內廣播。

『三點十五分在體育館有管樂隊的表演，想要觀賞的人請到體育館。重複一次……』

零零落落的管樂器聲音隨風而來，似乎正在準備。

古城同學說：

「CD？不是在撞到小由紀學姊那個男生的手上嗎？我親眼看到他拿著。」

古城同學猜想那三人是因為一年級男生說謊才懷疑小佐內同學，真的是這樣嗎？

不，我不這麼想。

「不對，他們已經搜過一年級學生了，妳剛才說他們在他身上摸來摸去就是在搜身。因為沒有找到，他們才會猜測東西在小佐內同學手上。」

他們看過小佐內同學的包包，沒有發現CD，或許他們也想搜小佐內同學的身，但又不可能在眾目睽睽之下隨便亂摸一個穿便服的女生。他們應該想用其他手段拿回小佐內同學身上的CD，或許是要去其他地方找女生幫忙，又或許是要威脅小佐內同學把口袋翻出來給他們看。

「可是……我不相信東西在小由紀學姊的手上。」

我乾脆地點頭。

「我也這麼想，如果小佐內同學有那張ＣＤ還跟他們走，那就是打算跟他們談判，這種事她自己就能處理了，沒必要叫我來。」

古城同學一時之間還無法理解，她沒有把握地說：

「呃，也就是說，ＣＤ不在小由紀學姊手上，也不在那個男生手上……是這樣嗎？」

「沒錯。」

我停頓了一下。

「一年級男生和小佐內同學的手上都沒有ＣＤ，那ＣＤ一定是被他們其中一人藏起來了。」

東西就藏在附近的某處。

「所以他們兩人的手上都沒有ＣＤ。那麼是誰藏起來的？不用說，一定是小佐內同學，因為那個男生很快就被追上，還被拳打腳踢，他根本沒時間、也沒機會藏東西。」

「……要說機會的話，擁有ＣＤ的是那個男生，怎麼會是小由紀學姊藏的呢？」

她的疑問很合理。一年級男生沒機會，而小佐內同學手上沒有ＣＤ。

那就只有一種可能性了。

「那個男生把ＣＤ交給了小佐內同學。」

古城同學聽得目瞪口呆。

歸納一連串的事態，我只能做出這個結論。

「拿著CD的一年級男生撞上小佐內同學，兩人的東西都掉在地上。這時一年級的男生知道自己一定會被抓到，所以急忙把CD拿給小佐內同學……把東西託付給她。」

「怎麼可能！」

古城同學嗤之以鼻。

「我又沒有看到他把東西……」

講到一半，她突然停了下來。

是啊，依照古城同學剛才的敘述，小佐內同學被一年級學生撞上以後，古城同學本來想幫她撿東西，但是聽到粗魯的喊叫聲就回頭看，之後她一直看著一年級男生被追過來的三個人毆打，還試圖阻止他們。

「兩人撞上以後，妳沒有靠近小佐內同學，也沒一直看著他們兩人，對吧？」

我向古城同學確認，她坦率地點頭。

「妳的視線離開小佐內同學大約多久？」

沉默片刻以後，她不甘心地回答：

「一分鐘……應該不到兩分鐘，至少一分半吧。」

「他把CD交給小佐內同學頂多只要十秒鐘，如果他只說一句『幫我保管這個』，直接把東西塞給小佐內同學，五秒鐘就能解決。那麼小佐內同學拿了東西之後會怎麼做呢？她看到那三人毆打一年級學生，一定想得到那張CD很重要。她會逃跑嗎？小佐內同學雖然跑得很快，但她對禮智中學不熟，應該沒辦法甩掉那三個看起來像體育類社團的人。她會乖乖把東西交出去嗎？這方法不錯，也很符合小市民的精神，但是……小佐內同學沒有這樣做。她選擇把CD藏起來，不交給那三人，然後主動跟他們走了。」

古城同學稍微低下頭，臉龐被篝火照亮。她似乎在思考我說的話是否正確，最後一臉感動地說：

「就算東西是對方硬塞的，小由紀學姊也不隨便交給別人……真不愧是小由紀學姊……太勇敢了……」

「嗯，畢竟棉花糖都被弄掉了。」

「……這跟那個有關係嗎？」

誰知道。

「就算那個一年級男生有時間把CD交給小由紀學姊，可是……」

古城同學邊講邊想，語氣十分慎重。

「他們是在操場正中央，而且時間不到兩分鐘。」

古城同學不了解小佐內同學，她不知道小佐內同學的敏捷思緒和超強行動力……九十秒對她來說已經很夠了。

「時間上來得及。問題是她把東西藏在哪裡?是怎麼藏的?」

我一邊說,一邊環視著操場。

管樂隊開始演奏了。體育館傳來的音樂是法國作曲家拉威爾的「波麗露」。長笛的音色隨風飄來。

位於都市的學校感覺格外狹窄,但操場還是很大。光用看的很難估計距離,但是看到兩旁的足球球門就知道,至少大到可以用來踢足球。現在還是沒有人接近篝火所在的正中央。

……校舍和校門不時有人朝我們這裡看過來。我們一男一女站在操場中央講話似乎很引人注目,這不是小市民會喜歡的情況,但更重要的是,這裡沒什麼地方能藏東西。附近除了篝火以外,只有幾個裝水的水桶用來防火,還有幾個花盆種了我看過但不知道名稱的植物。

操場上沒有常見的白線,可能是在跑百米或踢足球的時候才會劃線。仔細一看,到處都有金屬噴嘴,應該是用來防止塵埃飛揚的灑水器。

總共有六個水桶圍繞在篝火旁,水桶是鐵皮製,外面塗著紅漆,上面用白字寫著「防火用」。每個都裝了水，水位各不相同。

花盆是長方形，大概是一人環抱的尺寸，總共有四個，圍繞在篝火四面大約兩公尺遠的地方。我問古城同學那是什麼花，她立刻回答「是瑪格麗特和香雪球」。花朵蓋滿了花盆，完全看不見下面的土壤。

「唔……」

拉威爾的「波麗露」一遍遍地響起，演奏的樂器逐次變換。校舍突然發出熱烈歡呼，我轉頭一看，有一個男學生上身探出窗戶，大喊著「2－B太棒了！」。

距離我們不遠的地方，有些像是寶石的藍色和橙色東西掉在地上。我走過去撿起來，那東西在我手指的壓力下軟綿綿地變形了。我不敢放進嘴裡，但我知道這就是小佐內同學買來當伴手禮的棉花糖，是她差點跌倒的時候散落的。照這樣看來，她是在距離篝火六、七公尺的地方被男學生撞上的，對方交給她CD的地方想必也是這裡。

我已經知道大概的情況了。我盤起雙臂低頭思索，古城同學用更生氣的語氣問道：

「我問你，在操場中央要怎麼藏東西啊？」

「喔喔。」

我依然盤著雙臂，含糊地回答：

「我現在想得到四種可能性。」

我抬起頭來，看見古城同學睜大眼睛。我疑惑地觀察她的表情，她才說出：

「那就快去找啊。」

我歪著頭思索。既然想到了四種可能性，我比較想靠觀察和推理找出最有可能的答案。不過考慮到小佐內同學已經被人帶走，古城同學提議從最簡單的方法開始調查也有道理。

「那就找吧。」

「要從哪裡開始……」

古城同學一副蓄勢待發的模樣，好像只要我喊一聲她就會衝出去，要她暫時忍住真是過意不去。

「我想先問妳一件事。我最後看到小佐內同學時，她穿著白色上衣、橘色針織外套，一手拿著包包，一手拿著兩個氣球。她被帶走的時候也是一樣嗎？」

她訝異地望著我，可能在想「知道穿著就算了，但你怎麼會知道她拿著氣球？難道你跟蹤我們？」。我不在乎被她誤會，但若問不出答案就麻煩了。

「我是從四樓看到的。」

我如此解釋，但古城同學聽了以後還是上上下下地打量我，然後她喃喃說著「對了……」，像是突然想到什麼事。

「氣球去哪了呢?小由紀學姊當時沒拿氣球。」

「……除了氣球以外呢?」

「其他地方都跟你剛才說的一樣。」

「真的嗎?」

古城同學皺起眉頭。

「她一手拿包包,另一手什麼都沒拿。絕對錯不了。」

我低聲沉吟。我不是不相信古城同學的觀察力,但是有件事很奇怪。那個東西去哪了呢……

「這個不重要吧。如果你說有四種可能性不是在吹牛,那就快去找啊。」

「喔喔,嗯。」

我喃喃回答,抬起頭來。雖然我很在意消失的東西,但現在該做的是搜索可能藏東西的地方。我抬手比著整個操場。

「第一種可能性很簡單,就是丟出去。小佐內同學趁那三人跟一年級男生還在糾纏時,把CD丟了出去。CD是扁平的,可以飛得很遠。」

「喔……」

古城同學發出脫力的聲音,或許是以為我會說出更像樣的推測吧。我不以為意,繼續說：

「這方法的優點是做起來很簡單，但也有缺點。ＣＤ可以承受溫度變化，但不太能承受碰撞，如果ＣＤ掉出盒子，讀取面在地上摩擦，可能會嚴重損壞。不過當時情況緊急，或許她不得不這樣做，所以我們應該搜索的是……嗯，以棉花糖散落的地方為中心，大約半徑二十公尺的範圍。」

雖然古城同學不太認同，但還是點頭說：

「我知道了，我去找。」

她立刻彎下身子左顧右盼，而我繼續檢驗其他的可能性。

某處傳來一聲尖銳的「要不要買爆米花！」，聽起來有如哀號。校慶即將結束，攤販都在收拾賣剩的東西了。如果那人走過來推銷，我打算跟他買，不過後來沒再聽到吆喝，也沒有人走近站在篝火旁邊的我。

第二種可能性，小佐內同學有可能把東西藏在花盆下。瑪格麗特和香雪球開得很繁茂，東西藏在裡面是看不到的。花盆只有四個，找起來很快……

我找過了，沒看到。接下來是第三種可能性。

或許在水桶裡面。桶裡裝的是普通的自來水，ＣＤ若在裡面，從上方一望就看得見，不過沒去看的話就不會看到。ＣＤ不怕泡水，藏在水中或許是個好方法。會不會藏在水桶下呢？從尺寸看來應該藏得住。

水桶共有六個，因為需要提起水桶，所以找起來比較麻煩。當時情況很匆忙，要藏在篝火對面的水桶太花時間，但我還是姑且全都檢查一遍。

……還是沒找到。有個水桶裡面的水潑出來了，我本來以為那是不久前被移動過的痕跡，但水桶裡面和下方都沒有找到ＣＤ。

這麼說來……我看著篝火，盤起雙臂。

我隨著「波麗露」一再重複的旋律用一隻腳打拍子，這時古城同學喘吁吁地跑了回來。

「找不到，應該不是丟出去吧。」

我正在想事情，所以回答得不夠謹慎。

「喔喔。我想也是。」

「什麼啊……！」

糟了。我發現了她語氣中的埋怨，急忙陪著笑臉說：

「呃，對不起，我不是故意讓妳白費功夫啦。我只是覺得，就算可能性很低，還是應該找過一遍。我也找了一些地方，但是都沒有找到。」

古城同學看看手錶，然後不經意地轉頭看著校舍。四條布簾在微風中搖曳著。

「在這裡瞎找也找不到東西啦！去問別人有沒有看到那三個人不是更有效率嗎？」
「就算找到他們，也不能靠打架把小佐內同學搶回來吧。我們要有籌碼才行。」
「這個……是這樣沒錯啦……」
我知道她心中焦急，但現在還不用擔心。我直勾勾地盯著古城同學，說道：
「來想想看吧。得先冷靜下來才有辦法思考。小佐內同學當時拿著什麼？有什麼東西消失？線索一定就藏在其中。在找到線索之前不能急著做決定。」
東西一定在那裡，我非常肯定。可是，我實在不知道她是如何做到的。
「小由紀學姊當時拿著什麼，有什麼東西消失……？」
古城同學喃喃說道，抬頭看著秋季的天空，我也跟著抬頭望去，一隻像是老鷹的鳥在上空盤旋。「波麗露」的旋律漸愈高亢。
「那三人只看了小佐內同學的包包就認為裡面沒有CD，這點很奇怪。在使出綁架這麼強硬的手段之前，應該要找得更仔細一點才對吧？」
古城同學露出不認同的表情。
「你是指口袋嗎？既然一眼就能看出裡面沒有CD，那個包包應該沒有內袋吧。」
「不，我不是說口袋。」

她低頭看著散落在操場上、如寶石般的點心。那是小佐內同學特地買給她的伴手禮，她收到時一定很開心吧，連我也想像得出她有多遺憾。

「我是說棉花糖的盒子。」

「盒子……？」

古城同學愣然地說道。

「如果盒子放在包包裡，他們不可能光是看過包包就說『沒有』。從妳剛剛說的話聽來，棉花糖的盒子是裝得下CD的，所以他們應該會有某些行動，像是拿起盒子打開來看，或是拿起來搖一搖。」

「……會不會是想先帶走小由紀學姊再慢慢檢查？」

「如果是這樣，他們也不會一口咬定『沒有』。」

我停頓片刻，然後說：

「由此可見，棉花糖的盒子也消失了。」

古城同學歪著頭說：

「這有什麼差別？只是把事情搞得更瑣碎而已。」

不，不對，這反而能讓問題的焦點更集中。明明只差一步……但我卻卡在這一步。

「妳說小佐內同學交代妳『去找小鳩』，那妳還記得她當時確切的說法嗎？」

我不是想要責備古城同學，而是認為小佐內同學如果留下線索，古城同學應該會知道，所以才想要跟她確認一下。不過古城同學一聽卻垂頭喪氣，喃喃地說：

「我什麼都沒聽到……」

真頭痛。該說她太單純呢，還是該說不會被我說話方式傷到的小佐內同學比較特別呢？不管怎麼說，都是我的錯。

「對不起，我不是說妳隱瞞了什麼。」

「小由紀學姊說了『去找小鳩』。」

「這樣啊。嗯。」

「除此之外，她只說了『問他蛋糕好不好吃』。」

她明明就有說嘛！

小佐內同學和古城同學一起逛校慶，想到可以用篝火烤棉花糖，她們先去借了竹籤，然後一起走向操場。棉花糖的盒子由小佐內同學拿著，她們各自用竹籤串起棉花糖，正準備放在火上烤，有個一年級男生跑過來，小佐內同學想閃開卻還是被撞到，結果棉花糖掉了一地，她包包裡的東西也掉了出來。依照先前的推理，一年級男生就是在此時把CD交給了小佐內同學。

有三個人跑過來，很快就追上一年級男生，在施暴之後還搜了他的身。小佐內同學應該是趁這時候藏起了ＣＤ。那三人發現ＣＤ不在一年級男生的身上，就把矛頭指向跟他接觸過的小佐內同學，小佐內同學沒有反抗，而是吩咐古城同學來找我，還留下一句「問他蛋糕好不好吃」。

……這句話不可能和事情無關。藏ＣＤ的地方和小佐內同學這句神祕的留言一定有關聯！

「她說的蛋糕是指今天的起司蛋糕嗎？」

我急忙問道，古城同學點頭說：

「應、應該是吧。紐約起司蛋糕。」

小佐內同學是在暗示我「事情跟蛋糕有關」。起司蛋糕。紐約起司蛋糕。這到底是什麼意思？

蛋糕是白色的，很扎實，很好吃。我和小佐內同學討論到最頂級的美味。那段對話之中藏了線索嗎？

後來我問了蛋糕的做法。深烤盤、烤爐，還有……

「……古城同學，妳說紐約起司蛋糕是怎麼烤的？」

「啊？那個，是、是隔水烘烤？」

就是這個！

在深烤盤裡裝水，放上填滿蛋糕麵糊的烤模，放進烤爐裡。先前聽到的時候，我一點都不明白這樣做有什麼效果。真是太遲鈍了。隔水烘烤的目的不是很明顯嗎？

「古城同學！」

「是、是的！」

我向不知為何立正站好的古城同學說道：

「請妳回甜點製作同好會拿長夾子。快一點……用跑的！」

「是！」

古城同學沒有問理由，也沒有擺臉色，立刻拔腿狂奔……或許她天生就拒絕不了態度強硬的人吧。

希望她沒有過得太辛苦。

6

篝火熊熊燃燒，井欄之中的木柴不時發出爆裂聲。我聽著體育館傳來的「波麗露」，靜靜地凝視著火焰。

古城同學不到三分鐘就跑回來了。她氣喘吁吁，一手撐著膝蓋，另一隻手把長夾子遞給我。

「我……拿來了……」

「謝謝妳。」

我握住金屬製的長夾子，喀嚓喀嚓地夾了幾下。太完美了。我丟下連抬頭都沒力氣的古城同學，從棉花糖散落的地方筆直走向篝火。

「把東西藏在最顯眼的地方可說是老套了，既然是老套的方法，或許不太管用。就算這種方法出人意料，把東西藏在細心的人一眼就能看到的地方，還是太危險了。」

熱風燻著我的額頭和臉頰。對了，我突然想到，有個水桶裡面的水潑出來了，那大概是裝水的時候灑出來的吧。

「如果最顯眼的是火，要藏的東西是可燃物，那就另當別論了。因為可燃物不可能藏在火中，別人想都不會想到要去那裡找。我看過一部電影，有人把會浮在水上的東西藏在水裡，結果東西在關鍵時刻浮上了水面。那部電影真的很酷。」

我望向火中，看見層層相疊的木柴之間有些縫隙。熱風吹來，我瞇起眼睛。在火中發現了要找的東西，我的嘴角不禁浮現微笑。體育館傳來的音樂逐漸邁向高潮。

「反過來說，如果是不可燃的東西，至少是不會很快燒起來的東西，就能藏在火中了。CD確實可以承受溫度的變化。」

古城同學一邊喘氣，一邊問道：

「可是……還是有個極限吧……」

「是的，有極限。」

我回頭朝她露出微笑。

「如果溫度高到三、四百度就不行了。那一百度呢？ＣＤ又不怕泡水。」

古城同學聽到一百度和水就猛然抬頭。

「對了，紐約……」

她反應很快。不對，或許是我太遲鈍了？

烤紐約起司蛋糕的時候要在烤盤裡加水，目的當然是為了降低熱度。無論烤爐裡有多熱，就算熱到上千度，接觸到水的部分頂多只有一百度。氣壓多少也有影響，但水通常不會超過一百度。

我把長夾子伸進圓木的縫隙。

碰到了。我慢慢把東西拉出來……對了，我突然想到，當時還有一樣東西消失了，就是竹籤。小佐內同學一定是用竹籤把東西推到火中，用完之後就直接丟進去燒掉。

我從篝火中抽出長夾子，前面夾的東西當然就是棉花糖的盒子，整個都被燻黑了。

「應該要順便拿手套的。」

我一邊說一邊把盒子放在地上，把防火用的水桶提過來。如果把整桶水潑上去，溫度一下子降低太多，不知道會造成什麼影響，所以我用手掬起水，一點一點地灑上去。

「紙盒……怎麼可能放在火中……」

「火的下方溫度比較低，而且紙的燃點其實還挺高的，好像是華氏四百……四百多少啊？再加上……」

我放棄了沒效率的冷卻步驟，把衣角包在手上當成手套，摸了摸盒子。

「盒子裡若是裝了水，裡面的溫度就不會超過一百度。和紐約起司蛋糕是一樣的道理。」

盒子裡有水滲出來。先前盒子一直放在火中，水應該變熱了。裝在塑膠殼裡的CD躺在水底，在火光和陽光的照射下發出七彩光輝。我用長夾子把CD從水底夾上來。

「沒錯。總算找到了。」

把水桶裡的水倒入棉花糖的紙盒，再放入CD，接著把盒子塞進篝火。這就是小佐內同學藏CD的方法。

古城同學深深地嘆了一口氣。

「……小由紀學姊在短短九十秒裡就想到了這個方法，還付諸實行……？」

她又重重地喘氣，喃喃說道：

「真不敢相信……」

每次提起小佐內同學，古城同學的眼中都會閃耀著好感和友善的光輝。

但現在並非如此。如果我沒有看錯，此時她眼中的神色應該是驚恐。

7

各種樂器演奏的音樂到達高潮，然後結束了。體育館傳來鼓掌聲。

「我……」

古城同學接過依然溫熱的ＣＤ，高高舉起。

「我有想過小由紀學姊是不是把ＣＤ綁在氣球上飄走了。」

「啊哈哈。」

這方法很有趣，但是這樣就沒辦法把ＣＤ拿回來了。小佐內同學多半只是在衝撞時鬆了手，氣球就飛走了。

「只要把ＣＤ交給那三個人，就能救出小由紀學姊了吧？」

古城同學會這樣問我，應該代表她比較信任我了……我真不想辜負她的信任。

「怎麼可能。」

古城同學睜大眼睛，我搖頭說：

「我們若真的這樣做，小佐內同學會很難過的。如果她想要把ＣＤ交給對方，她早就自己交出去了。」

「她只是不想把別人寄放的東西立刻交出去吧……」

「由我們把東西交出去還不是一樣？妳以為小佐內同學為什麼把ＣＤ藏在火中，自願被人家帶走？」

說得更清楚點，她為什麼把我找來？

古城同學囁嚅著「呃，那是因為……」，我斬釘截鐵地說：

「她是為了爭取時間，好讓我們在這段時間裡找出ＣＤ。」

「為什麼？」

「當然是為了調查ＣＤ的內容啊。」

一年級男生因為擁有ＣＤ而被那三人圍毆，而小佐內同學從他的手上拿到了那張ＣＤ。她已經損失了送人當伴手禮的棉花糖，又丟了兩顆氣球，她原本打算離開之前再吃一次紐約起司蛋糕，結果計畫也泡湯了。小佐內同學身為小市民的修養還不夠，所以她絕不可能乖乖地把ＣＤ交出去。

ＣＤ裡面藏了某人的祕密。依照正常人的好奇心，一定會想要知道裡面藏了什麼祕密吧，雖然我不確定這個祕密是否能用來回報棉花糖和紐約起司蛋糕的仇。

「是這樣啊……」

古城同學喃喃自語。

古城同學把小佐內同學視為興趣相同的大姊姊，非常崇拜她，我能看出古城同學就算在馬卡龍那件事之中見識到她的犀利，還是覺得她很可愛。不過古城同學現在見識到了她的手段，或許會受到打擊……

「真不愧是小由紀學姊！」

「咦？」

「就是說啊，那三個人一看就像壞人，他們要找的CD一定記錄了不好的事！小由紀學姊拼盡全力阻止他們毀滅證據，真是太了不起了！」

古城同學的眼神恢復了先前的閃亮，舉到面前的兩個拳頭不停顫抖，像是壓抑不了心中的感動。

呃……嗯，她說的也沒錯啦。那三個人確實很粗暴，CD裡面藏的祕密多半對他們不利，小佐內同學也真的是為了不讓他們得到CD而自願成為俘虜。她說的完全正確，但是該怎麼說呢，我總覺得哪裡怪怪的……

「既然決定了，那就 Let's go！」

「Let's go？」

我還是第一次聽到有人說出「Let's go」。

「電腦社有我的朋友。如果在ＣＤ裡找到影片，還能用電腦拷貝下來。我們走吧！」

電腦社的社辦在幾間校舍之中的某處。在校慶最後衝刺的混亂場面中，我光是要跟著古城同學就費盡力氣了，所以記不得路線。我想這裡應該是三樓，也有可能是四樓。

挪用了空教室的社辦敞開著門，門邊放著「紅白機再現」的招牌，但上面又貼著一張紙說「因為無法運作，提前結束」。看來電腦社的社員現在應該有空，要拜託他們幫忙就簡單多了。

古城同學認識的電腦社社員雖是國中生，卻比我高出一顆頭，肩膀寬闊，越靠近腰部越窄，是個倒三角體型的壯漢。他長相看起來有點凶，但態度很和氣，他請我們坐下，還幫我們倒了麥茶。現在社辦裡只有他一個社員。他一聽古城同學說想要播放ＣＤ，就笑著說：

「好啊。」

真是個好人。

「桌上型電腦是用來展示的，只是要播放ＣＤ的話，用筆記型電腦就行了。」

「這樣啊，那就麻煩你了。」

古城同學把那張CD交給電腦社社員，他一接過就露出訝異的表情。

「……怎麼有些溫溫的？」

雖然CD依然溫熱，但筆記型電腦還是順利地讀取到CD。古城同學似乎對電腦不太熟，她一臉不安地凝視著畫面。

「怎樣？」

「沒怎樣，很普通。裡面……有一個叫作『秋季集訓』的影片檔。長度只有四分鐘左右，太浪費容量了。要播放嗎？」

古城同學點頭，影片立刻就開始播放了。

畫面上出現一個鋪著榻榻米的寬敞房間，有十個左右穿著道服的男生。

「這是……空手道？」

電腦社社員喃喃說道，但是那些人一開始練習就看得出不是這樣。他們兩兩一組，互相揪住，摔出。CD裡錄的是柔道訓練的情景。古城同學說：

「這是我們學校的柔道社吧。」

練習在沉默之中各自進行，後來有一個綁著黑帶的高大男生和身高只有他三分之二、長相也很稚嫩的男孩開始對練。

「影片沒有聲音嗎？」

古城同學問道，電腦社社員就說「喔喔」，關掉了靜音功能。

巨大的聲音立刻傳出。

『給我打起精神！聲音聲音聲音！喊出聲！大聲一點！拿出幹勁！』

我被嚇得縮起身子，貼在螢幕前的古城同學尖叫著摀住耳朵。

「啊啊，抱歉抱歉。」

電腦社社員也皺起臉孔，趕緊調整音量。

畫面中被要求喊出聲音的柔道社員死命地喊著，他似乎還沒變聲，發出的喊叫又尖又細。他抓住看起來像學長的黑帶社員的衣襟和袖子，扯了好幾次，但他們的體型相差太多了。

『再用力一點！給我認真一點！聲音，喊出來啊，聲音聲音聲音！我叫你喊出聲，你沒聽到嗎！』

矮小的社員發出近乎哀號的喊叫往黑帶社員撞去，試著把對方摔出，但對方分毫不動，依然站得直挺挺的。

『出招啊！給我出招啊！這樣拍攝有什麼意義！』

黑帶社員如此吼著，下一瞬間……

『我不是叫你給我打起精神嗎！』

他大聲吼道，矮小的社員隨即飛出去。我不知道招式的名稱，總之矮小的社員就像自己跳出去似地被遠遠摔出，然後「碰」的一聲沉沉落地。

『喂，別躺著不動。如果害隊伍輸了，你負的起責任嗎？拿出你的責任感。喂，快起來，不想練的話就給我滾回家。你想放棄了嗎？我在問你話啊，聽見了沒有！』

可是那男生依然仰天倒在地上，遲遲沒有起身，不只如此，他根本一動也不動。

『學長，那個……』

附近的另一位社員戰戰兢兢地開口，還猶豫地伸出手，但被稱為學長的男生理都不理，背對著倒地的男生走了幾步，接著突然轉身。

『別再偷懶了！』

他大吼一聲，朝著倒地男生的胸口踩了一腳。

我聽到吸氣聲，大概是古城同學發出的。喇叭裡傳出「嗚」的聲音，倒地的男生發出呻吟。鏡頭猛烈搖晃，透露出拍攝者心中的震撼。

被稱為學長的柔道社員又舉起腳，似乎想再踩一下，倒地的男生無力地抬手想要自衛，從畫面裡也看得出來，他的神情不太尋常。

『學長！不行啦！』

或許是聽到了其他社員的制止聲，這次他沒有踩下去。

『讓我看看！』

有幾個人衝向倒地的社員，其中一個人大喊著：

『去保健室！把老師找來，可能骨折了！』

被稱為學長的男生一臉不爽地站在旁邊，然後他發現了鏡頭，往這裡走來。

『喂，你要拍到什麼時候！給我停止！』

畫面再次劇烈搖晃，然後整個變暗。

「我聽過傳聞。」

電腦社社員說道。

「因為以前的教練教得很好，所以我們學校的柔道社變得很強，但教練去年辭職了，現在柔道社沒有教練。他們有顧問老師，但顧問老師完全不懂柔道，幾乎都不參加練習，所以就由學長嚴格指導。如果只是嚴格一點還無所謂……」

「我也有聽說。」

古城同學也開口了。

「柔道社最近經常傳出意外，連今天也是，他們本來要在校慶舉行表演賽，是因為最近有人受傷了才臨時喊停。」

電腦社社員看了影片的詳細資料。

「這是上週拍的。妳說有人受傷就是這件事吧？」

既然是練習格鬥技，被摔出去以後站不起來也是常有的事。可能是護身倒法沒有做好，所以昏過去了。

可是倒地之後還被踩踏而受傷，就不能說是練習中的意外了。這是傷害案件。

至此我大概知道今天那件事的前因後果了。

「柔道社應該是為了看清楚練習時的動作而拍攝影片，結果拍到了那件事的發生經過。後來社團裡有人打算把這段影片拿給外面的人看，是拍攝者還是其他社員就不確定了。」

「是為了告發吧。」

古城同學說道。

「有人想讓大家知道柔道社現在的情況。今天是校慶，來了很多校外人士，所以他打算找地方播放影片，讓很多人都能看到。又或許他不敢做出這麼大膽的事，但至少還是想要拿給校長看，結果卻被其他社員發現了。」

「不管怎樣，總之他拿走影片的事曝光了。」

「你們學校的柔道社不是打進了秋季大會嗎？一定有社員很擔心影片在出賽前流出，所以想把ＣＤ追回來。」

「被追的一年級學生在逃跑時撞到了小由紀學姊……」

追著一年級學生的那三個人應該是柔道社的社員，結果小佐內同學就被捲進了他們社團內部的糾紛。

古城同學抱著頭，手肘撐在桌上。

「看到這種事情……怎麼能把ＣＤ交給那些人？可是，如果不救出小由紀學姊……」

電腦社社員向我問道：

「小由紀學姊？」

「喔喔，那是我的朋友，她被柔道社的人抓走了，他們以為ＣＤ在她的手上。」

電腦社社員睜大眼睛。

「……那不是糟了嗎？」

還很難說。

如果那三人是小混混，情況就很危險了，不過他們只是普通的學生。我該怎麼向他解釋呢？

「去跟柔道社談判吧！」

古城同學猛然起身叫道。

「用校內廣播把他們叫出來，說ＣＤ在我們這裡，要他們放了小由紀學姊。當然，要先把影片拷貝下來，然後，然後……」

就在此時。

「沒那個必要。」

後面突然傳來聲音，我回頭一看，有個女孩帶著燦爛的笑容靠在敞開的門邊。我們三人的反應各不相同。

電腦社社員大喊：

「妳是誰！」

古城同學叫著：

「小由紀學姊！」

我則是說：

「沒那個必要……」

小佐內同學深深點頭，依然帶著燦爛笑容，用低沉平靜的語氣又說了一次：

「嗯，沒那個必要。」

8

校慶在四點結束，接著是落幕慶祝活動，大家會圍繞著操場中央的篝火唱歌跳舞。我也很想去看看，但學生得在四點之前收拾完畢，我們怕妨礙人家，所以早早就離開了禮智中學。

搭地下鐵時，我才聽到事情的詳細經過。

「他們把我帶到道場，一群人把我圍了起來，大概有十個人吧，凶神惡煞地叫我把CD交出來，嚇死人了。」

小佐內同學神色自若，彷彿是在敘述小時候去遊樂園玩的鬼屋很恐怖。

「不過我的身上帶著這個。」

她從小波士頓包裡拿出學生手冊。

「我早就猜到會是這樣。真虧妳會隨身攜帶學生手冊。」

「你不懂啦。隨時都要帶著學生手冊來證明自己是高中生的心情，你是不會懂的。」

嗯。

看到CD裡面的影片是柔道社的練習場景時，我就猜到小佐內同學會平安無事地回來了。學校內部的紛爭一向不喜歡把外面的人扯進來，雖說每個人都有自己的看法，但無論是老師或學生通常都有這種傾向。小佐內同學不是本地居民，還是外縣市來的高中生，完完全全是外面的人，柔道社不太可能對她做出什麼強迫的手段。但我還真沒想到她會把學生手冊帶在身上當護身符。

「他們知道我是高中生之後還叫著『少騙人了』，大概是不想相信吧，但還是像灑了鹽的青菜一樣越來越畏縮。之後有人叫我再給他們看一次包包，我打開給他們看，然後他們就叫我走了。」

「應該不是不想相信，而是不敢相信吧。」

此時地下鐵已經快要到站，開始減速，煞車聲掩蓋了我的喃喃自語，小佐內同學似乎沒有聽到。

「……我心想你如果找到CD一定會去能播放CD的地方，所以就去了電腦社。你們在看影片的時候，我就站在你們後面，但你們都沒發現。」

「所以妳才會說出那句經典臺詞。」

「我早就想說一次看看了。」

竟然一點都不害羞。

列車再次發動，廣播宣布下一站是名古屋站。

「這樣真的好嗎？」

被我這麼一問，小佐內同學露出訝異的表情。

「什麼事？」

「那部影片的事。」

小佐內同學沒有拿走那張ＣＤ，也不要拷貝的檔案。老實說，我覺得很意外，我還以為她有方法讓那部影片發揮出最大的效果。

「妳的棉花糖不是被弄掉了嗎？」

「是啊。」

小佐內同學看著地下鐵的漆黑車窗，不以為意地說道。

「我知道你想說什麼。棉花糖是弄掉了，我本來想在離開之前再去咖啡廳吃一次紐約起司蛋糕，順便向古城同學說聲謝謝，結果也沒辦法，真的很遺憾。」

她果然還是很在意，可是她卻沒有拿走禮智中學柔道社的把柄。

「妳已經原諒他們啦？小佐內同學，妳真了不起，妳真是貨真價實的小市民。」

聽到我由衷的誇獎，小佐內同學有點害羞，但她卻把臉轉向一旁。

「謝謝……可是你誤會了，我不是不收下ＣＤ，而是要把ＣＤ留在電腦社。」

我猜不出她的用意，默默地等她說下去。

「電腦社裡有電腦，那個社員拿到了這麼駭人的影片，而且他又不喜歡現在的柔道社。」

喔喔，原來如此。

「他可能會上傳網路吧。」

小佐內同學用手指繞著頭髮，漫不經心地看著車窗。漆黑的玻璃像鏡子一樣映出了她的側臉。

「他一定會這樣做。我從他的氣場就感覺得出來。」

連氣場都出現了……

如果那部影片散播出去，禮智中學柔道社就會顏面掃地，說不定連秋季大會都沒辦法參加了。吃點苦頭對他們來說或許是好事，今後顧問老師可能會更常去看社員練習，說不定還會聘請新的教練，就算社團廢掉了，至少一年級學生可以從現在的處境中解脫。

地下鐵接近名古屋站，開始減速。小佐內同學大概沒發現我可以從車窗倒影看到她的臉吧，否則她不會露出這種表情。這麼……冰冷的笑容。小佐內同學對著車窗中的自己喃喃說道：

「所以我才會什麼都不做。」

柏林炸麵包之謎

1

接近年末的某天放學後，我拿著一疊問卷走向校刊社的社辦。問卷內容是關於修改校規與否，要不要回答都可以，但我們不習慣這種「回答也可、不回答也可」的自由，所以全班都回答了，問卷的繳交期限還很久，不過大家都寫好了，也沒必要再拖下去。會由我把問卷送回校刊社，是因為我放學後在教室裡收拾東西準備回家時，班上的幹部對我說：「小鳩，你和校刊社的堂島很熟吧？可不可以幫我拿過去？」但我有兩件事不明白：為什麼他會知道我的交友關係？還有，為什麼他會以為我和堂島健吾的關係很好？我疑惑地歪著頭走在夕陽照射的走廊上，突然發現窗邊站著一個女學生。這位頂著在微風中飛揚的妹妹頭、把手腕靠在窗臺看著黃昏天空的女生就是小佐內同學。她不是放學後會在走廊上擺姿勢的那種人，所以我好奇地叫了她。

「小佐內同學。」

她轉過頭來，我一看到她的表情就愣住了。小佐內同學的眼中流出淚水，臉頰發紅，嘴唇也紅得像是塗了口紅。我一眼就看出事情不單純，卻不知道該說些什麼。面對著啞然無語的我，小佐內同學豎起小指擦擦眼角。

「喔喔，是小鳩啊。」

她勉強地笑著說道，隨即轉向一旁，咬字不清地說道：

「你嚇了一跳吧？對不起，我太丟臉了。」

「那個……發生什麼事了？」

「什麼事都沒有。不好意思，我要先回家了。」

她轉身跑開，逐漸走遠。雖然我夢想成為小市民，其實我有很大的自信能揭穿別人隱瞞的事，但是在剛才短暫的交談之中，我實在看不出小佐內同學為什麼那麼難過。看來這次沒有我出場的餘地了。

事後回頭再看，沒有出場餘地的不是我，而是小佐內同學。因為之後我遇上一件奇怪的事，還嘗試著解決，而小佐內同學從頭到尾都沒有出場。從我們締結互惠關係以來，這是我第一次解謎的時候沒有小佐內同學在旁邊。

2

校刊社把一樓的印刷準備室當成社辦。門是開著的，所以我送問卷進去之前先在外面看看情況。

我曾經聽堂島健吾說過校刊社的社辦沒有整理得很乾淨，親眼看到才發現比我想像的更雜亂。紙、紙、紙、白板，然後又是紙、紙、紙，不知為何還有一個小冰箱。房間本來就不大，中間還放了一張大桌子，兩邊靠牆的狹小空間也塞了幾張單人用的桌椅。

大桌子上面放著一個白色盤子，有四個學生正臉色凝重地盯著那個盤子。我發現其中一人就是堂島健吾，他體格壯碩，不認識的人絕對看不出他是校刊社的。

「是常悟朗啊。怎麼了？」

沒人會用「怎麼了」來打招呼的。

「我幫忙送問卷回來。」

「喔喔。」

健吾難得露出愧疚的表情。

「這樣啊，不好意思。你們動作還真快。」

「校刊社應該要派人來收的。」

「確實是這樣，但是我們人手不足，沒辦法每班都去。」

我把問卷交給他，事情就解決了。我正想走人，但又覺得社辦裡的氣氛怪怪的。他們四人不發一語地圍著桌子看起來就像有什麼隱情，不知道是不是我多心了，總覺得他們的眼神像在互相打量。我用眼神詢問健吾這是怎麼回事，健吾盤起雙臂，嘆了一口氣。

「……常悟朗，你現在有空嗎？」

「是沒有事情要忙啦。」

「這樣啊。我現在有點煩惱，你能不能陪我商量一下？」

我和小佐內同學發誓過要一起邁向小市民的道路，而小市民才不會隨便插手不相關的團體的麻煩。

不過向我求助的不是別人，而是堂島健吾，那我就無法拒絕了。我雖然無奈，但是只要能幫上健吾的忙，要我做什麼都是小事一樁。

「可以啊。什麼事？」

「你看起來好像很開心……」

才沒這回事，我很無奈的。

社辦裡的其他三人都對健吾投以責備的目光。我不知道他們有什麼困擾，但健吾擅自決定找外人商量，他們當然會不高興。有一個體型微胖的男生直接發難：

「喂，堂島，這是什麼意思？你要跟他說嗎？」

「這又不是需要保密的事，而且我們繼續在這裡大眼瞪小眼也不是辦法。跟別人說的時候，我們自己也能把事情整理清楚。而且……小鳩常悟朗經常會注意到別人沒發現的事。」

他對我的評價太婉轉了。那個男生還是不太高興，但也不打算繼續和健吾爭吵，只是喃喃說了句「什麼嘛」就不再開口。

「真木島和杉怎麼想？要跟他商量嗎？」

兩個女生互看一眼，比較高瘦的一位簡潔地回答：

「無妨。」

「好，那就決定了。」

健吾點頭說道，他先把手上的問卷堆到牆邊的文件小山上，然後指著大桌子上的盤子，沉重地說：

「問題就是這個。」

那是一個圓盤，白色的，直徑大約二十公分，盤子裡空無一物。

「喔喔，這個……是盤子吧？」

「安靜聽下去。」

是。

「有一種甜點叫柏林納・普方庫亨，我是不知道啦。」

雖然他才剛叫我安靜地聽，但此時我不能不吭聲。

「柏林……什麼？」

「柏林納・普方庫亨。」

「不好意思，再說一遍。」

「柏林納・普方庫亨。」

我不願相信自己的聽力有問題。是健吾說得太快了，才讓我聽不清楚。

「柏林……納？」

健吾放棄地搖頭。

「就是德國的炸麵包啦。」

原來如此，我聽懂了。

「看名字就知道，這是柏林的名產，通常和拳頭一樣大，不只是把麵包拿去炸，裡面還塞了果醬。聽說德國在過年時都會準備很多炸麵包，還會用炸麵包來玩遊戲，把其中幾個麵包塞進芥末醬，看看誰會吃到。」

「原來德國也有這種遊戲。」

「最近學校附近開了一間德國麵包店，店裡有賣這種炸麵包，我們準備在十二月號報導世界各國過年的習俗，所以去詢問麵包店是否願意接受採訪，他們很爽快地答應了。我們不想只是聽人分享，打算自己玩玩看那個遊戲，吃到芥末麵包的人就要負責寫報導。我們依照人數準備了麵包，就放在這個盤子上。」

所以桌上才會放著盤子啊。

「然後大家一起吃了麵包。」

我想像著健吾在開始訊號之後吃起果醬炸麵包的模樣，感覺還挺好笑的。雖然健吾看起來像個硬派，但他連熱可可的製作方法都有自己的堅持，或許他其實很愛吃甜食。

「好吃嗎？」

我問道，健吾卻不高興地回答：

「問題就在這裡。」

「不好吃嗎？」

「很好吃。」

「那就沒問題啦。」

「我說過了，問題就在這裡。你聽清楚了，我們每個人都說很好吃。」

我忍不住望向圍坐在大桌子旁的三個人，他們全都露出困惑的神情。健吾加強語氣說：

「不可能會這樣的，一定有人吃到了芥末麵包，可是卻沒有人承認。我叫大家不要開玩笑，但他們都堅持自己沒有吃到。」

微胖的男生插嘴說：

「你也一樣。」

健吾重重地點頭。

「是的，我也一樣。」

然後健吾問我說：

「常悟朗，你猜得出來是誰吃到了『中獎』的炸麵包嗎？」

我想要向健吾道歉。校刊社每月發行的船戶月報老是寫些運動會或校外教學這種大家都知道結果的無聊文章，既不好也不壞，一點意思都沒有，真沒想到他們會為了跨年特輯去買少見的德國炸麵包來寫報導。既然這個企畫出現了危機，我當然要出手相助。

「好。我不知道能不能猜出來，總之我先問清楚情況。」

我謙虛地如此說道。先搞清楚這四個人的名字吧。

堂島健吾就不用問了。

體型微胖、動不動就喃喃抱怨的男生是門地讓治。

高高瘦瘦、表情舉止都對我明顯表現出不信任的女生是真木島綠。

身材嬌小、戴著圓眼鏡、看起來搞不清楚狀況的女生是杉幸子。

健吾以外的三個人都是校刊社的一年級社員。這些人都是「嫌犯」。我瞄了時鐘一眼，現在是四點四十五分。

「吃了炸麵包的就是你們四人嗎？」

健吾點頭。

「試吃的時候，盤子上的炸麵包有四個嗎？」

「是啊。」

「加了芥末的麵包只有一個？」

「嗯。」

說話簡潔是健吾的一大優點，但我現在真希望他能慎重一點。

「不好意思，健吾，請你只回答自己完全確定的事。」

健吾稍微皺起眉頭，但立刻點頭說：

「抱歉。試吃的時候盤子上放了四個炸麵包，我們事先計劃在其中一個塞進芥末。真木島、門地、杉和我四個人各吃了一個麵包，但是沒有人承認自己吃到加了芥末的那個。之後都沒人碰過盤子。」

「我知道了。謝謝。」

好啦。

這次我被託付的任務是找出「凶手」，也就是吃到芥末炸麵包的人。我最擅長的就是把乍看不可能的事情加以梳理並重新解釋，推測出別人想隱瞞的事，可是想要只靠著推理百分之百準確地找出凶手是很困難的。說得極端一點，就算有個神祕怪盜用催眠術瞞過校刊社的社員偷走芥末麵包也並非完全不可能，即便不談太誇張的假設，也有可能只是某人搞錯了什麼事。如果每一種可能性都要討論，每一句證詞都要懷疑，就沒辦法準確地找出凶手了。所以我默默地在心中訂出了規則。

第一，只要是健吾認定的事，我就相信那是事實。

第二，不考慮這件事之中有超自然現象的可能性。

第三，凶手不會做出不合理的行動。

依照這三項規則，我已經想到了幾種可能性。我不能太心急，要循序漸進地列出條件。

首先是檢視房間內部。

這裡是位於校舍一樓的校刊社社辦，正式的名稱是印刷準備室。隔壁房間就是印刷室，兩個房間並沒有相通的門。反正只要出去走廊就能立刻到印刷室，所以房間不相通也不要緊。門的款式是側滑門，我來的時候是打開的。

從門口望進來，房間又窄又長，底端是窗簾拉上的窗戶，房間中央有一張大桌子，桌上整理得很乾淨，只有用來盛麵包的白盤子。

牆邊放了紙箱和書櫃，裡面全都塞滿了紙。房間裡放了幾張和教室相同的課桌，從門口看進來，右側的牆邊有一張，左側的牆邊有一張，底端的牆邊也有一張，每張桌子旁邊都放了椅子，只有窗邊的桌子旁邊沒有椅子，每張桌子上都雜亂地放著紙張和照片。

右側的牆壁掛著白板，寫在上面的一行行文字似乎是十二月號的目錄。「世界各國的過年習俗」的大標題旁邊有一行「德國的柏林納」，應該就是指這次問題所在的炸麵包遊戲。左側的牆邊放著冰箱，我還沒進來時就注意到了。健吾發現我看著那邊，就問道：

「怎麼了？你很在意冰箱嗎？」

「這個嘛，是沒錯。」

「沒人知道這裡為什麼會有冰箱，而且也沒插電。」

冰箱只有校刊社使用，不能叫學校付電費，所以沒插電也很正常。奇怪的是，既然不用為什麼還要放在這裡……好奇歸好奇，我並不認為冰箱和炸麵包的謎團有關。

我觀察過社辦裡的情況，又向健吾問道：

「你可以形容一下炸麵包的形狀和大小嗎？」

健吾把拇指和食指圍成一圈，直徑比五百圓硬幣大一點。

「大概這麼大，形狀是球形，褐色，上面灑了白粉。」

真木島冷冷地說：

「不是白粉，而是糖粉。」

「我也這麼想，但是他叫我只說自己完全確定的事。」

我一直都很欣賞健吾老實的性格。言歸正傳吧。

「剛才你不是說和拳頭一樣大嗎？這也太小了吧。」

健吾比出的圓圈和廟會攤販的雞蛋糕差不多大。

「是啊，一般的炸麵包比較大，但我們採訪的那間店試做了給小孩吃的迷你尺寸，所以我們就請他們分一點給我們。如果是吃正常尺寸的炸麵包，還沒吃完就會發現芥末，所以一口大小的比較適合……這樣也能節省預算。」

「這麼說來……你們用來玩遊戲的炸麵包是非賣品囉？」

「是這樣沒錯。」

所以就算有人另外跑去買，也沒辦法買到相同尺寸的炸麵包。

「有很多種口味嗎？像是巧克力口味、橘子口味……」

「……不知道。那是實驗的商品，或許會有新口味，所以我不確定。從外表看起來都一樣就是了。」

「你還有注意到什麼事嗎？」

「炸麵包的底部，就是灑白粉的另一面，有一個小小的洞。我可以說出自己的猜想嗎？」

「請說。」

「那應該是填進果醬時弄出來的洞，我猜芥末也是從那裡塞進去的。」

「這樣啊。應該是吧。」

門地喃喃說著「有必要這麼慎重嗎」。在一般情況下，這樣確實太慎重了，但健吾分清楚事實和推測對我比較有幫助。

炸麵包的部分已經問夠了。接下來……

「你們是在剛才試吃的？」

「是啊，大概在四點半吧。」

「我只知道試吃麵包的是你們四個人，當時沒有其他人在場嗎？」

「試吃的時候沒有。當時確實只有我們四個人。」

他這種說法令我有些在意。

「其他時間有其他人在嗎？」

「是啊，拿炸麵包過來的是二年級的洗馬學長。」

「那個人……」

「他放下麵包就走了。啊，對不起，我沒有親眼看到。他應該很快就離開了，他有在搞樂團，聽說今天有表演。他好像是主唱吧。」

「哇……」

我還以為我們學校沒有特別奇怪的人，沒想到竟然有人同時跨足校刊社和樂團主唱，真是有趣。我有點想知道他搞的是怎樣的樂團，不過那和炸麵包的謎團無關，所以還是不提了。

「除了洗馬學長以外沒有其他人進過這個房間吧？」

健吾點頭，然後板著臉說：

「至少我沒有看到。有人看到其他人進來嗎？」

其他三人的答案也是一樣。

這麼我就大概了解情況了。我已經決定接下來要問什麼，但是不能在嫌犯的面前說出來。

「健吾，我有事要跟你商量。去走廊說吧。」

「……好。」

我在其他三人冰冷的注視下離開社辦，健吾也跟了過來。秋天的太陽逐漸下沉，窗外的天空一片嫣紅。操場傳來棒球社用金屬球棒擊出棒球的鏗鏘聲。

「要說什麼？」

健吾簡潔地問道，所以我也直接了當地說：

「誰有動機？」

雖說不能光憑有沒有動機來判斷誰是凶手，但我還是不能不問，說不定能問出有幫助的情報。健吾皺起眉頭說：

「這個問題很難回答。」

「用猜的也行。」

「也只能用猜的吧。我又不能擅自論斷別人的想法。」

健吾盤起雙臂沉吟。

「老實說，每個人都有動機，所以大家才會這麼疑神疑鬼。」

「你說中獎的人要負責寫報導。那人是因為這個原因才不想承認嗎？」

「就算沒中獎，還是有其他的東西要寫。我們只是讓中獎的人負責炸麵包的報導，其他人就寫其他的報導。」

「會不會有人死都不想寫炸麵包的報導……」

聽到我的瞎猜，健吾搖著頭說：

「我們又沒有強迫所有人參加。剛才提到的洗馬學長就因為不敢吃辣而拒絕了，社長要負責寫頭條報導所以也不參加，還有一個高一社員，那個人也沒有參加。」

「高二社員只有洗馬學長和社長兩個人？」

「是啊。」

高一有五個人，高二有兩個人。我該說他們社團成員的年級分布很不平均，還是該說這個社團很容易就能加入但是都待不久？

「那個高一社員不參加的理由是什麼？」

「他叫作飯田，是一週來不到一次的幽靈社員。如果他剛好來社辦卻看到我們在吃炸麵包，場面可能會有些尷尬，所以我事先跟他說過採訪的事，問他要不要參加。」

「感覺他很有可能會毫無理由地回絕。」

「是啊。他只說不參加。」

「是你直接跟他聯絡的嗎？」

「我跟他同班。今天放學後我在教室裡又跟他提起這件事，他說今天要補習，不能參加社團活動。我跟他一起走到校舍門口，看著他離開了。」

既然遊戲是自願參加的，就沒有理由不認帳了。是不是因為認定自己絕對不會中獎，吃到芥末之後一時心慌就否認了？不可能吧……

我還有一件事想問健吾。

「還有，你為什麼要跟我說這件事？」

健吾露出訝異的表情。

「還能為什麼？當然是想知道誰中獎啊。」

然後他又補上一句多餘的話。

「就當作是病急亂投醫吧。」

我雖不指望他如何誇獎我，但說成這樣也太過分了。

「我就是想問你，為什麼你即使病急亂投醫也想知道是誰中獎？說得直接點，即使找不到中獎的人，還是可以用猜拳決定誰來寫報導啊。」

若是真的靠猜拳來解決，我會覺得不太滿意，但猜拳確實也是一個方法。

健吾一臉苦澀地說：

「你戳中我的痛處了。我本來不想提這些事的……」

「怎麼了嗎？」

「你可別說出去。」

那當然。

健吾嘆了一口氣，盤起雙臂說：

「這個企畫是真木島提出的。她看到學校附近開了一間德國麵包店，裡面有在賣柏林納・普方庫亨，聽說德國人跨年時會用這種麵包來玩遊戲，她就問我們要不要寫這個題材。真木島的提議通過了，但是她和門地現在的關係不太好，我不知道理由為何，總之他們現在正在冷戰，所以真木島可能會懷疑是門地中獎了卻故意不說，藉此搞垮她的企劃。門地如果發現真木島在懷疑他一定會很不高興，如果他們兩人正面衝突，杉多半會站在真木島那一邊。如果再不找出凶手，校刊社可能會變得四分五裂，所以這個問題比表面上嚴重多了。」

我睜大了眼睛。

「健吾……你很懂人情世故嘛。」

「你把我想成哪種人了？」

雖說人不可貌相，但我真的無法想像乍看粗枝大葉的健吾竟然會顧慮這些事。我真該好好反省一下。

最後還有一個問題。

「我姑且還是問一下。你吃到的炸麵包沒有芥末吧？」

健吾頓時瞪大了眼睛，但他立刻鎮定下來，回答：

「是啊，我吃的麵包沒有『中獎』。」

我為這次的事件訂下了規則，只要健吾說了我就相信。依照這項規則，之後無論情況再怎麼錯綜複雜，我都認定健吾沒有吃到「中獎」的炸麵包。

所以嫌犯還剩三人。

我們回到社辦，那三人還是一樣坐在大桌子旁的鐵管椅上。還有一張空椅子，無論是我去坐或健吾去坐都不太對，所以我們都繼續站著。我坦然承受著三人銳利的視線，裝出開朗的語氣說：

「我聽健吾說，高二社員只有兩個，高一社員還有另外一個。」

事實上我問了更多事，但我當然不會說出來。如今再觀察，我發現真木島和門地果然不看對方，杉則是膽怯地窺視著他們兩人的臉色。

真木島一副不以為然的樣子，問道：

「問那些事根本於事無補，我們想知道的是誰中獎了。」

「現在『凶手』的身分還不能確定。」

她哼了一聲。我並沒有因此感到不甘心，還是繼續說：

「但我把事態整理了一番，凶手不承認中獎有三種可能性。」

「三種？」

我豎起食指。

「第一，炸麵包原本就沒有放芥末，所以當然沒人吃到。」

「怎麼可能……！」

真木島想要反駁，但我不理會她，又豎起中指。

「第二，炸麵包裡加了芥末，但吃到的人沒有發現。」

杉疑惑地歪頭。

「大家都仔細地品嘗了啊……？」

我看看圍坐在桌子旁的三個人，又豎起了無名指。

「第三，有人吃到了芥末，但是基於某種動機而隱瞞了這件事。」

「動機？」

門地敏感地提出質問。

「那你說說看，會有什麼動機？」

「事實如何我不清楚，不過……或許是凶手太鐵齒了，不肯相信自己吃到了芥末麵包。」

「你是在說笑嗎？」

「我又不能擅自論斷別人的想法。」

我說出健吾剛才說過的話，門地就念念有詞地放棄爭辯了。健吾露出不悅的表情。

我看著自己豎起的三根手指，突然想到還有一個應該檢討的可能性，所以又豎起第四根手指。

「此外，也有可能是外面的人幹的。」

健吾立刻說話了：

「不可能吧，我們有四個人，炸麵包有四個，就算有外人進來也不能做什麼……你可別說有人用普通的炸麵包換掉了芥末麵包，我剛才也說過，這種炸麵包是非賣品。」

門地發出了嘖嘖聲。

「我一直待在這裡寫稿，連廁所都沒去過，如果有人進來，我一定會發現的。」

「你說的『這裡』是指現在的位置嗎？」

坐在大桌子對面的門地用焦躁的手勢指向窗戶的方向。窗邊確實有一張桌子，但是沒有椅子。

「是那個位置。所以我不可能沒注意到有人進來。」

「那裡沒有椅子耶。」

杉戰戰兢兢地插嘴說：

「現在是我和真木島在使用。」

接著健吾也斷言說：

「我來的時候，門地確實正在寫稿。」

我並不是懷疑他，但還是搜索著記憶。

「當時他是面向門口，還是面向窗戶？」

「都不是，他是側面對著窗戶。我進來的時候，他立刻轉頭看我。」

健吾毫不猶豫地說。真木島大聲地說：

「依照常理，就算有外面的人進來，也不可能擅自吃掉桌上的東西吧。」

依照常理也不應該發生不知道誰吃了芥末麵包這種事啊……我雖然想回嘴，但真木島說的確實有道理，就算是小佐内同學也不可能偷吃別人社辦裡的點心。

「炸麵包只有四個，而且有人進來都會被看到，再加上一般人不可能擅自吃掉別人社辦裡的點心……雖然大家都認為不可能是外面的人做的，但我還是想知道有沒有其他否定的理由。」

健吾認真地思考，然後說：

「就這三個。這樣還不夠多嗎？」

「確實夠多了。那就刪除炸麵包被外人吃掉的可能性吧。」

我把手放在大桌子上。

「既然如此，中獎的人就是在你們四人之中。隱瞞的動機暫時不討論，總之我們先來調查和芥末有關的事吧。」

「你是指炸麵包可能沒放芥末，或是有人吃了芥末卻沒發現嗎？」

健吾愕然地說道。

「前者我還不敢保證，但後者應該不可能吧？」

「芥末的味道沒有我們想的那麼重，說不定是凶手搞錯了，以為炸麵包本來就是這種味道。芥末是在麵包店裡加進去的嗎？」

杉回答說：

「喔，不是，應該是總學長去請家政社做的。」

「總學長？這是姓氏嗎？」

「呃，不是，總是指總編，也就是洗馬學長。」

原來是洗馬總編樂團主唱學長。雖然總編不等於社長，但還是很有趣。我細細品味著校刊社的人員組成，然後又問道：

「所以不是把果醬換成芥末，而是在已經加了果醬的麵包裡再加上芥末囉？」

杉點點頭。這樣味道好像會變得很奇怪……

「看來有必要去家政社確認一下。還有，這個盤子是校刊社的嗎？」

健吾歪著頭說：

「不是。大概是從家政社借來的吧。」

「這點也要去確認。總之，現在要請大家把品嘗的感想寫在紙上。先不要看別人的答案，每人各自形容炸麵包是怎樣的味道，接著再互相對照，如果有人顯然是在形容芥末的味道，就能看出是誰沒發現自己中獎了。」

真木島摸摸頭髮，看著旁邊說：

「就這麼辦吧。」

她爽快地接受我的提議，或許是對我的評價稍微提高了吧。

「健吾，家政科的社辦就是家政教室嗎？」

「是啊。你要去嗎？」

「大家正在形容味道，反正我也沒事做，就我去吧。」

「不好意思，有勞你了。」

健吾說完以後，稍微對我點頭致意。

3

家政教室和校刊社的社辦在同一層樓，走個兩三分鐘就到了。

水槽和流理臺羅列的家政教室有一股特殊的味道，說不上是好聞或難聞。在這寬敞空間的一角，有個穿著體育服的男生站著磨刀。他聽到開門聲就知道我走進來了，卻沒有回頭，依然專心一致地磨刀。我不知道他是幾年級的，所以客氣地說道：

「不好意思，可以打擾一下嗎？」

男生停止動作，呆呆地抬起頭。他嚴肅的臉龐不高興地扭曲，瞪著我這個不速之客。

「幹麼？」

呃，我該怎麼自我介紹呢？

「我是從校刊社來的。」

這樣也不算是說謊。

男生突然笑了。看那調皮的笑容，或許他一開始的不悅表情只是因為手上拿著刀，需要特別謹慎。他放下菜刀，用布巾仔細地把手擦乾淨。

「喔喔，怎樣啊？」

「什麼怎樣？」

「你不是為了柏林納的事而來的嗎？」

看來他知道炸麵包的事，這樣事情就簡單多了。我不確定該不該把校刊社發生的事告訴他，不過健吾也說沒必要保密，而且我只問話卻什麼都不告訴他未免太不公平，於是我決定簡單地敘述事情經過。

「事情是這樣的，其實校刊社的人吃了炸麵包，但每個人都說自己沒吃到芥末，所以我想來確認一下，炸麵包裡是不是真的放了芥末。」

男生笑咪咪地說：

「沒放芥末。」

喔？

「這是怎麼回事？」

我急躁地問道，那男生有些訝異。

「你沒有說出完整的情況吧？」

「確實如此。我聽說洗馬學長來請家政社幫忙在炸麵包裡加芥末，難道不是這樣嗎？」

「嗯，不是的。算了，我還是從頭說起吧。」

說完以後，那男生從旁邊拉來一張椅子，也請我坐下。我依言坐下以後，他以一句「其實事情沒有那麼複雜」作為開場白。

「昨天洗馬來找我商量，要我幫忙在柏林納裡面加入芥末。我本來也打算這麼做，但是當洗馬拿柏林納來的時候，我問他要加顆粒芥末醬還是一般的黃芥末醬，他回答我『都行，辣一點的就好』，讓我有點不知所措，因為兩種都沒有很辣。」

我早就發現這件事了。洗馬學長是因為「不敢吃辣」的理由才不參加試吃炸麵包的遊戲，但是根據我的認知，芥末只有獨特的風味和酸味，並沒有很辣。

「所以我叫他想清楚，到底要加芥末還是要加辣的東西，他想了一下就回答要加辣的東西，所以我就照做了。」

「所謂『辣的東西』是什麼？」

「塔巴斯科。而且是超辣的等級。」

男生起身走到家政教室後面的櫃子，拿了一個黑色的瓶子回來。

「塔巴斯科是商品名，正確的名稱是辣椒醬。這不是全世界最辣的辣椒醬，但已經是我覺得好吃的範圍內最辣的了。」

瓶子上貼著鮮紅的標籤，上面寫著很多字母，但不是英文。我不知道那是什麼意思，從一旁的圖片看來，應該是指辣到具有危險性的意思。

「你把這種辣椒醬灑在炸麵包上了？」

「如果灑在上面，一眼就能看出來了。我是把柏林納放到小碗裡，用滴管把辣椒醬滴進填充果醬的小洞。雖然只有兩、三滴，這樣應該就很有效果了。」

原來加進炸麵包的不是芥末，而是塔巴斯科……這件事實能幫助我猜出中獎的人嗎？還是根本沒有差別？事情似乎比我原本想的更複雜。

「……我可以再問一些問題嗎？」
那男生攤開雙手，意思大概是叫我儘管問。
「你說洗馬學長原本拜託你幫忙加芥末，那他昨天是親自到這裡來跟你說的嗎？」
「是啊。他匆匆說完就走了，所以我沒有問他想放哪種芥末。」
「他今天把炸麵包拿來了？」
「嗯。正確地說，是提來的。手提的塑膠袋裡放了紙袋，紙袋裡裝著柏林納。」
我看看牆上的時鐘，現在剛過五點。
「當時大約是幾點？」
我原本以為他不知道確切時間，但他立刻回答：
「四點。」
「……你記得真清楚。」
「因為他說四點會過來，結果真的準時來了，所以我記得很清楚。」
課堂和班會通常在三點半就會結束，德國麵包店在學校附近，來回一趟花三十分鐘還算合理。
「塔巴斯科是誰加進去的？」
「是我。我在準備塔巴斯科的時候，洗馬去餐具櫃找容器。我打開紙袋，用筷子夾出一個柏林納放到小碗裡，把塔巴斯科滴進填充果醬的小洞，然後再放回紙袋。我去洗碗的時候，洗馬拿來一個盤子，把紙袋裡的東西倒到盤子上。」

我想像著當時的畫面。

「……那個盤子是學校的東西吧？可以隨便拿去用嗎？」

「應該不行吧。」

「真是亂來。」

「是啊……」

這個人應該也過得很辛苦吧。這就先不管了。

「這麼說來，連洗馬學長也不知道加了塔巴斯科的炸麵包是哪一個囉？」

那男生笑著說：

「是啊，他自己也說分不出來。」

我本來覺得洗馬學長有辦法輕易製造出沒人中獎的情況，他只要跟麵包店多要一個炸麵包，請家政社幫忙加了塔巴斯科之後再換掉就好了。雖然我不知道他有什麼動機這樣做，但他只要想做就能做到。

依照家政社的男生所說，學長也不知道加了塔巴斯科的炸麵包是哪一個，所以他就算丟掉其中一個炸麵包再把另外準備的那一個放進來也沒有意義。看來我可以把洗馬學長動手腳的可能性從腦中刪除了。

「你有看見放在盤子上的炸麵包嗎？」

我隨口問道，那男生露出困惑的表情。

「我只瞄了一眼，沒有仔細看。」

「盤子上的炸麵包是怎麼擺的？」

「抱歉，我不清楚。這很重要嗎？」

我想了一下。我只是想把能問的事情全部問清楚，既然他沒看到也沒辦法。

「……不會，沒關係。後來紙袋和塑膠袋怎麼處理？」

「洗馬把袋子都留在這裡，我後來丟掉了。你要看嗎？」

我點點頭，他就去垃圾桶裡拿來兩個袋子。塑膠袋是半透明的，上面沒有印店名或其他文字，紙袋寫著「德國麵包店Danke Danke」，上面沾了一些油，除此之外沒有特別的地方。

「還有一件事，洗馬學長應該知道裡面放的不是芥末，而是塔巴斯科吧？」

這次他的回答卻令我大感意外。

「不知道。我沒有告訴他。」

「咦？為什麼？」

「我想讓他嚇一跳。洗馬應該以為芥末有一點辣，才叫我幫忙加入芥末。」

原來如此，難怪我說我是從校刊社來的他就笑了，他一定很想知道惡作劇的結果。為了保險起見，我姑且問問看：

「你知道為什麼沒有人吃到那個炸麵包嗎？」

「不知道耶。我加進去的可是塔巴斯科，吃到那個不可能沒有反應的。」

看來真的很辣。

我搖晃了一下手中的黑色瓶子。

「這個可以借我一下嗎？我想拿去給校刊社的人看看。」

男生揮揮手說：

「無所謂，想要嘗嘗看也行。我還會待一個小時左右，你等一下再跟盤子一起拿回來就好了。」

然後他正色說道：

「我可要先提醒你，千萬別沾到眼睛，否則就得送醫了。」

我想像不出有什麼情況能讓塔巴斯科沾到眼睛，但我真不明白家政社準備這麼危險的物品是要做什麼。

我走回校刊社的社辦，門依然是敞開的。我在的時候一直站著的健吾已經坐下了，圍著大桌子的四個人面前各自放了一小張紙。

「辛苦了，常悟朗。如何？」

我看了一下，沒找到自己的座位。算了，雖然是健吾拜託我幫忙，但我只是插手人家社團問題的外人，沒有我的椅子也無可奈何。而且……該怎麼說呢，站著說話感覺好像更有氣勢。我無意識地把手上拿的黑色瓶子藏到身後。

「沒有錯，洗馬學長確實去過家政社，時間是四點鐘。我也見到了幫忙處理炸麵包的社員。」

我暫時不提炸麵包裡加了塔巴斯科的事。桌上的四張紙應該寫好了各人品嘗的感想，先看過再說吧。

「你們已經對照過了嗎？」

被我這麼一問，健吾就不悅地說：

「這是你提議的，所以我們想等你回來再看。」

我聽了不禁有些開心。

「該怎麼說呢……感謝你們的重視。抱歉讓你們久等了。」

「這不是我提出的，而是杉。」

我往杉望去，她立刻縮起肩膀。

既然他們在等我，我可不能讓他們等太久。

「那就來看吧。」

我說完以後，校刊社的四個人紛紛把面前的紙張翻過來。

健吾寫的是：『比想像的甜。好像是藍莓果醬？』

真木島寫的是：『吃起來不會很油膩，充滿了果醬的濃醇甜味。味道像是莓果，可能是兩種混合而成。』

門地寫的是：『甜到不行，手都變得油膩膩的。』

杉寫的是：『很甜很好吃，果醬加得很多。』

「看起來……好像沒有。」

「確實沒有。所以……」

健吾沉默不語，大概是猜到我接下來要說什麼了。

那句「所以」接下來是「中獎的人自己沒發現的可能性被排除了」。如果校刊社裡有人中獎，那他一定知道自己中獎，卻為了隱瞞而寫下假的感想。

校刊社的社員們隔著桌子彼此觀望。剛才那種不信任且帶著困惑的氣氛消失了，如今他們是用更直接的質疑眼神看著彼此。

真木島先開口了。

「大家早就知道普方庫亨是甜的吧。」

言下之意就是說沒有具體描述味道的門地在說謊。可是被這句話攻擊到的人不只是門地。杉猛然抬頭，尖銳地說：

「因為很好吃，所以我就寫很好吃啊！」

真木島有些錯愕，大概沒想到反駁的人會是杉。她有些畏縮地說：

「我又不是說妳。」

門地聽到這句話當然不可能保持沉默。

「妳不是說她，那是說誰？我嗎？」

他發出嗤笑。

「要我說的話嘛，只吃那麼小的炸麵包就能吃出莓果味道才奇怪咧，令人不禁懷疑妳以前就吃過了。」

提議報導炸麵包的是真木島，她當然在採訪之前就知道學校附近的麵包店有在賣德國炸麵包。照這樣看來，就算她事先嘗過炸麵包的味道也很合理，想要假裝也很簡單。雖然邏輯說得通，但是符合這個邏輯的人不只是真木島一人。

「不奇怪吧，很明顯是莓果的味道啊。」

健吾盤起雙臂幫腔。杉也趁勢加入。

「我也覺得有莓果的味道，只是沒寫出來而已。」

但這聽起來只是拙劣的辯解。果不其然，真木島立刻質疑她。

「既然妳這麼覺得，為什麼不寫出來？」

「那是因為……我不敢肯定一定正確嘛。」

「那妳可以寫或許是莓果果醬啊。」

「妳是說我在騙人嗎？我有什麼理由這樣做啊？」

是啊，杉沒有動機。要說動機的話，最有可能的是門地，若是想得更多，也可以假設是杉設計挑撥門地和真木島，甚至可以假設真木島對校刊社懷恨在心，所以演了這齣戲讓大家互相猜疑，就能搞垮社團了。

簡單說，猜測動機只是在浪費時間。最好還是從可能性較低的選項一個個排除。

「對了，其實炸麵包裡面放的不是芥末。」

聽到這句話，四個人都驚訝地朝我望來。過去就是這種爽快感害了我。如今我提心吊膽地把藏在背後的黑色瓶子放在大桌子上。

「裡面加的是塔巴斯科。洗馬學長拜託家政社的人在炸麵包裡加入辣的芥末醬，但是芥末沒有很辣，所以家政社的人叫他想清楚是要加芥末還是辣的東西，洗馬學長說要辣的，那人就決定加塔巴斯科……聽說這一種特別辣。」

校刊社的四個人都露出了困惑的表情。健吾問道：

「真是令人意外……不過狀況有改變嗎？」

「狀況還是沒變，但我借來了他加在炸麵包裡的塔巴斯科，可以先做個實驗。健吾，我還是覺得凶手沒發現自己中獎的情況並不是毫無可能。」

健吾挑起眉毛，望向放在大桌子上的四張紙。

「什麼意思？」

「說不定是因為味覺障礙，所以凶手才吃不出塔巴斯科的味道。如果真是這樣，能早期發現也是一件好事。」

真木島低聲說道：

「……老實說，我不這麼覺得。」

門地也懷疑地說：

「我們每個人明明都嘗得到甜味，有哪種味覺障礙是只嘗不出塔巴斯科的嗎？」

我坦白地回答：

「不知道。」

「那你何必……」

「所以我才說要做實驗啊。只要舔一點塔巴斯科就好了。」

杉立刻露出厭惡的表情，但其他三人似乎覺得這樣總是好過繼續大眼瞪小眼。

「……沒辦法了。」

「嗯，是啦。」

「總比繼續這樣下去更好。」

總之眾人都決定要做實驗了。

健吾站起來，在堆滿紙張的社辦裡東翻西找，但他疑惑地歪頭，似乎沒有找到。其他三人都沒去幫忙，他們應該也不知道健吾想找什麼。

「你在做什麼啊？」

我如此問道，健吾一邊左右撥開小山般的紙堆，一邊回答：

「又不能直接舔瓶子。我記得這裡有免洗紙盤。」

真木島也想要起身。

「喔，有啊。放到哪裡去了？」

杉立刻回答：

「在冰箱上面。」

我是離冰箱最近的人，轉頭一看，那裡的確放著一包紙盤。我走過去拿的時候，發現冰箱上還放著一個木盆，裡面裝了小包裝的糖果、牛奶糖、巧克力，旁邊用膠帶貼了一張紙條，上面潦草地寫著「請把問卷放進箱子，這是謝禮，請自取」。

「這裡還有糖果耶。」

健吾帶著笑意回答：

「是啊。這是要給幫忙送問卷回來的學生的小禮物。」

「我也有送問卷回來，怎麼沒拿到？」

「這樣啊。那你隨便拿吧。」

我是沒有特別想吃啦，不過這社團真是太散漫了。我放下這件事，拿出四個紙盤，分別放在四人面前。健吾也回到座位，拿起黑色瓶子的塔巴斯科，好奇地打量。

「好像很辣的樣子。」

「上面寫的不是英文，我看不懂。」

「請勿讓十二歲以下的小孩靠近。」

我大吃一驚。

「你看得懂嗎？那是什麼語言？」

健吾正經地把瓶子放回桌上。

「我是開玩笑的。」

我竟然被堂島健吾耍了……？

健吾先在自己面前的盤子上滴一滴塔巴斯科，然後把瓶子遞出去，很快地，所有人都準備好了。杉把鼻子湊到盤子上聞味道。

「……聞起來很嗆耶。」

其他三人也像杉一樣把臉貼近紅色的液體，真木島立刻嗆到，把臉轉開，她咳了一陣子，好不容易停下來之後就說：

「真的耶，好嗆。」

「味道這麼重嗎？」

我會這麼問並不只是因為好奇。健吾察覺到我的用意，就說：

「靠近聞確實很嗆，若是加在普方庫亨，我就沒把握一定聞得出來了。試吃的時候也沒有人仔細地聞味道……就算有人靠近聞，鼻子也會吸到糖粉吧。」

我還以為可以找到線索，看來是行不通。

杉一副快哭的模樣。

「真的要吃嗎……？」

她的表情有些抽搐，但門地堅持地說：

「不吃的話就會一直吵下去。吃吧。」

話雖如此，直接伸出舌頭舔盤子實在太難看了，眾人決定要像廚師試味道一樣用手指沾起來吃，所以都走出去洗手。

我有點擔憂，只有我不吃沒關係嗎？反正又沒人要求我跟他們同甘共苦，我就裝作沒事吧。

四人洗完手以後回到社辦，坐回原來的座位。既然要做實驗，就得先說明注意事項。

「家政社的人提醒過我，絕對不要沾到眼睛。用沾過塔巴斯科的手指揉眼睛可能也很危險。」

杉喃喃說道：

「真的要吃嗎……？」

本來只是想用德國炸麵包玩個愉快的小遊戲，現在卻得品嘗超辣的塔巴斯科。一想到杉的心情，我就同情到說不出話。

健吾深吸了一口氣。

「好。那就一起吃吧。常悟朗，麻煩你喊開始。」

我不知道為什麼要我喊，可能健吾是覺得由他自己發號施令還不如讓外人來做比較妥當。雖然我覺得會被杉憎恨。我隨意抬起手。

「呃，那就……預備！」

四人各自把手指靠近盤子。

「……請用！」

我一時之間想不到適合的說法，所以喊出了奇怪的口號。四人用手指沾起塔巴斯科，放進嘴裡。

沉默維持了一兩秒鐘。

慘叫、咆哮和抗議的怒吼一時四起，看到眾人為自己的遭遇感到悲傷或憤怒時，我不禁慶幸自己沒有加入他們。健吾用力咳嗽，真木島滿臉通紅，杉哭喊著「所以我才說不要吃嘛！」，門地喊著「水！水！」衝出社辦。一想到憤恨地瞪著我的杉有可能說出「接下來輪到你了」，我也很想跟門地一樣衝出去。

「喂，這也太辣了吧！」

健吾似乎因為太辣而有些失常，臉上似笑非笑，聲音也怪怪的。

「辣到藏不住？」

「藏？這要怎麼藏啊？哈哈哈，常悟朗，不可能的啦！」

健吾甚至開始放聲大笑。我還是先離他遠一點吧。真木島皺著臉孔，氣憤難耐地說：

「開什麼玩笑，家政社竟然有這種東西！」

杉眼中含淚，站了起來。

「我、我也要喝水……」

說完就搖搖晃晃地走出去了。

實驗的結果讓我知道了三件事。第一就是家政社提供的塔巴斯科真的非常辣，再來是校刊社裡沒人感覺不到這種辣，還有一點，就是我可以得出「確切的結論」了。可是那個「確切的結論」和現狀有著巨大的矛盾，我怎麼想都覺得不可能發生這種事……炸麵包的謎團或許真的比表面上更複雜。我盤起手臂，拇指貼著下巴，說道：

「健吾，我覺得還是從頭再整理一次狀況比較好。我有幾件事想問，可以嗎？」

但健吾只是用手搧著自己的舌頭，眼中帶笑地看著我，什麼都沒說。看來這實驗還證明了一件事，那就是塔巴斯科的效果十分持久。

4

去喝水的兩個人回來了，我正想繼續討論時，門地卻一臉放棄地說：

「已經夠了吧?是誰中獎都無所謂，根本沒必要為了一個麵包鬧成這樣，只要接受這是一件怪事就好了。我要回去了。」

他的提議也有道理，但想出這個企畫的真木島一定不會同意。果不其然，真木島挑起眉毛，正要張開嘴巴反駁，杉卻搶先一步高聲說道：

「怎麼可以現在才放棄!要放棄的話，在吃塔巴斯科之前就該說了!如果現在放棄，那我們到底是為什麼……太愚蠢了!」

她的眼睛紅了，聲音也在顫抖。的確，現在才決定撤退也太晚了。一不做，二不休。既然吃了塔巴斯科，就要找出真相才能罷手。我又向健吾問道：

「說要報導炸麵包的人是誰?」

我早就知道答案了，但其他社員若是知道我私下問過這件事一定會很不舒服，所以我故意又問了一次。健吾多半也猜到了我的心思，沒有說「我剛才不是告訴過你了嗎」。

「是真木島。她發現學校附近開了一間德國麵包店，裡面有在賣普方庫亨，就在編輯會議提議要報導。」

我真正想問的是這件事。

「那為什麼是洗馬學長去拿炸麵包呢?」

這樣問有點失禮，但我總覺得讓高二的洗馬學長為高一社員的企劃去跑腿不太合理。

「你也知道，學長因為怕辣而不參加企劃，而且他又因為表演的日子將近，越來越少出席，心裡有些過意不去，所以他主動說要去拿麵包，當作是彌補。」

真木島插嘴說：

「學長乍看好像很粗心，其實他很會照顧人，經常提供我們協助。」

健吾也點頭說：

「是啊。如果我報導寫不出來，他甚至會丟下自己的事情來給我建議，讓我因此成長了不少。」

我迅速地掃視眾人，門地和杉的表情都沒有明顯變化。雖然我不能肯定，但我覺得應該沒有人偷偷厭惡著洗馬學長。

既然如此，只能逐一確認細節了。首先要搞清楚炸麵包是怎麼來的。

「學長是今天放學後去麵包店拿麵包的吧？」

「是啊。」

「有證據嗎？」

門地在一旁吐嘈說：

「要什麼證據？如果學長沒去拿，炸麵包怎麼會出現在這裡？」

「我問這些只是謹慎起見。說不定他是昨天去拿的，所以能釐清的事全都要釐清。」

健吾搖頭說：

「洗馬學長跟麵包店約好今天過去。那種炸麵包是試做商品，麵包店不會每天都做。」

「麵包店的人看過洗馬學長的臉嗎？」

「看過啊。我和洗馬學長和真木島三個人事先勘查的時候，洗馬學長就說他會去拿了。」

看來洗馬學長真的有去麵包店拿炸麵包。炸麵包裝在紙袋裡，紙袋又裝在塑膠袋裡，大概是因為比較好拿吧。學長在下午四點去了家政社的社辦，如同事先說好的，他請家政社的社員幫忙在炸麵包裡加入芥末，結果加入的其實是塔巴斯科。

洗馬學長在家政社把炸麵包換到盤子裡，原本裝麵包的塑膠袋和紙袋丟進了家政社的垃圾桶。然後學長捧著放了炸麵包的盤子回到校刊社的社辦，如今盤子還放在大桌子上。

我有一件事不明白。

「……洗馬學長為什麼要把炸麵包放到盤子上？放在紙袋裡又不會不好拿。」

我疑惑地歪頭，健吾不以為意地回答：

「原本放在紙袋裡嗎？那大概是為了拍照吧。」

他說拍照？

「拍了照片嗎？」

「是啊，既然要寫報導，當然得拍照。放在紙袋裡不好拍，學長是為我們著想吧。」

「你說拍照，是用照相機嗎？」

被我這麼一問，健吾顯得有些心虛。

「用照相機當然是最好，但欄位很小，又是黑白印刷，用手機拍就行了。」

「為什麼不早說啊！」

喔喔，我無意中說出了一輩子至少該說一次的臺詞呢——「為什麼不早說啊！」

「呃，抱歉，是我疏忽了。你要看嗎？」

「當然啊。」

健吾從口袋掏出手機，找出照片。

第一張照片拍了放在大桌子上的一盤炸麵包，第二張照片拍的是放著四個炸麵包的盤子，第三張則是從上往下拍的炸麵包。

也就是說，只有炸麵包的照片。

「有沒有……那個……更能提供線索的……像是吃麵包的時候！」

「我和大家是同時吃的，要怎麼拍啊？」

「說的也是……」

從照片中可以確認盤子上有四個炸麵包，從外表看不出哪個加了塔巴斯科或許也算是收穫，不過這些事我早就知道了。

「這是什麼時候拍的？」

「試吃之前。」

當時洗馬學長已經走了。

直到健吾說的「試吃之前」為止，到底發生了什麼事？接下來必須確認校刊社四個社員的行動。

「第一個來到社辦的是誰？」

聽到我的問題，門地用不屑的語氣回答：

「你應該知道是我吧。我第一個到社辦，開了門鎖，然後一直在這裡寫報導。」

「這樣啊。你是幾點到的？」

「三點半吧。」

班會結束的時間也差不多是三點半，也就是說門地一放學就直接過來了。

「你有遇到洗馬學長吧？」

「有啊。」

門地往後靠在鐵管椅的椅背上，露出淺笑。

「他突然拍我肩膀，把我嚇了一跳。」

「時間是？」

「我不記得了。我一直在寫稿，沒看時鐘。」

「洗馬學長拿著那盤炸麵包嗎？」

「……沒有，盤子已經放在桌上了。學長指著盤子說他去拿回來了。」

健吾問道：

「你在寫的稿子是從上星期開始寫的那篇三段報導吧？很難寫嗎？」（註2）

「是啊，不太好寫，不過我已經進入狀況了。」

我想問門地有沒有人能證明他一直待在社辦裡，但他的不在場證明並不是重點，而且我若是問了，他鐵定會發火。我就當他說得沒錯吧。

「下一個來到社辦的是？」

杉稍微舉起手。

「是我。」

「妳記得是幾點到的嗎？」

「大概四點十五分。」

2　「段」代表報紙的版面，一頁可分割成十五段，三段即是五分之一頁。

問題明明是我問的，但我不知道她為什麼答得出來……

「妳記得真清楚。」

「這是我的專長嘛。」

杉第一次露出了微笑。

「我也有遇到洗馬學長。我是在門口和他擦身而過，我對他說『你來啦？』，他說『剛到』。」

「你們還有說什麼嗎？」

「他向我道歉，說等一下有表演，不能陪我們了。就這樣。」

健吾在一旁插嘴：

「聽起來應該是跟門地說完話以後的事。」

「大概吧。當時大桌子上放著問卷的回收箱，我就拿起幾張，坐下來看。」

我姑且還是問一下。

「妳是坐在健吾現在的位置嗎？」

那是離門口最近的椅子。

「嗯，就是那裡。」

「謝謝。然後呢？」

杉點頭說：

「我看問卷看了兩三分鐘，然後我發現桌上擺著普方庫亨，就收拾了桌子，這樣才方便拍照。」

「妳當時沒有拍照嗎？」

「嗯。我想等大家都到了再說。」

第一個走進社辦的是門地，接下來是洗馬學長，杉進來的時候洗馬學長出去了。然後呢？

「下一個來到社辦的是……」

「是我。」

真木島一臉不悅地說。

「妳記得是幾點到的嗎？」

「不知道，我不記得。」

她的態度很差，不過不記得時間很正常。相較之下，杉能立刻答出來才讓我訝異。

「社辦裡只有門地和杉，沒看到學長。」

至此所有證詞都對得上。

「妳到社辦之後發生了什麼事？」

「這個嘛……」

她停頓片刻，似乎在回想。

「有個很矮的高一女生送問卷過來，我收下了。只有這樣。」

……是小佐內同學嗎？

「我向她道謝，還說我們有準備點心，但她說不用了。」

「不是嗎……」

「啊？什麼？」

「沒有，我只是在自言自語。妳收下問卷之後怎麼處理？」

「杉說已經把箱子收走了，所以我把問卷交給她，請她放進去。」

我望向杉，她點點頭。裝問卷的箱子放在這片紙山紙海的何處呢？剛才健吾把我送回來的問卷隨手擱下了，這樣沒關係嗎……

「箱子現在放在哪裡？」

我向杉問道。

「在堂島背後。」

她回答道。健吾急忙轉頭，從隨便堆在牆邊的書堆上面拿起箱子。

「原來放在這裡。」

我想像中的回收箱是有蓋子的，事實上只是把點心還是什麼的紙箱直接拿來用，大是很大，但卻不夠深，裡面的問卷都快滿出來了。

「還有其他的事嗎？」

聽我這麼一問，真木島搖搖頭。

「最後來的是健吾吧？」

我再次確認地問道，健吾停止左顧右盼，點頭說：

「是啊。」

「時間呢？」

「我只記得接近四點半，詳細時間就不確定了。我到社辦的時候，其他三人都已經來了，桌上放著炸麵包。我拍了炸麵包的照片，然後就開始試吃。」

之後的情況我不問也知道，他們必定屏息觀察是誰中獎了，結果卻沒有人承認，接著我就來了。

關於校刊社社員的行動，我能問的都已經問了。問是問了，但為什麼會這樣呢……？

見我沉默不語，健吾小聲地說：

「聽起來沒有什麼不對勁的。」

是嗎？

我想了一下，然後說道：

「現在能聯絡到洗馬學長嗎？」

不知為何所有人都望向真木島，她立刻回答：

「現在應該不行，他在表演之前都會把手機關機。」

「這樣啊……」

「你有事想問他嗎？」

「可以的話，有件事我想問問看。不過我更好奇的是，真木島為什麼這麼清楚洗馬學長的事？」

真木島靦腆地回答：

「因為我們住得很近，所以都是由我去跟學長聯絡。」

「聽起來像是青梅竹馬呢。那妳平時都不叫他學長囉？」

「是這樣沒錯……這有關係嗎？」

我搖了搖手。

「沒有啦。對不起，我不是想要刺探隱私。」

既然沒辦法向洗馬學長問話，我就只能用這裡蒐集到的資料來推理了。雖然我只是憑直覺猜的，但並不是不可能。關鍵應該是在高一社員飯田的身上。

「洗馬學長知道飯田不參加嗎？」

飯田是校刊社裡的高一生，還是個一週都不見得出現一次的幽靈社員。健吾事先詢問過他要不要參加這次的採訪，他回答不參加。真木島莫名積極地回答：

「嗯，知道，我傳訊息跟他說過了。」

「我再確認一下，妳在訊息裡跟他說了飯田不參加試吃，所以只需要四個炸麵包嗎？」

「是啊。」

「他會不會沒收到訊息？」

「一般不會發生這種情況吧。」

不，其實還挺常發生的。可是健吾幫忙解釋說：

「當時我也在場，她還請我幫忙確認過訊息內容。確切的字句我不記得了，總之真木島的確在傳給洗馬學長的訊息中提到飯田不參加採訪的事。我們社辦的收訊很好，手機也沒有收到傳送失敗的通知，所以學長一定收到了。」

我早已決定，在處理這件事時，只要是健吾認定的事我就相信。我默默地點頭，真木島又繼續說：

「而且他晚上就回訊息給我了。」

「裡面寫了什麼？」

「他說知道了。」

「就這樣?沒有上下文嗎?」

真木島皺起眉頭。

「不知道，我忘了。今天我沒帶手機，所以沒辦法找出來看。他是怎麼說的很重要嗎?」

這個嘛，洗馬學長回覆的字句很重要嗎?

……不，重點是在其他地方。

真木島似乎對我的沉默感到不愉快，她紅著臉想要開口，卻轉移了視線。

「……對了，有些事我先前沒說，現在可以說嗎?」

她這句話不是對我說的，而是對校刊社的社員說的。門地疑惑地問「什麼事?」，真木島囁囁地說道：

「其實我在試吃的時候一直在想事情，精神有點恍惚。先前我不知道該怎麼開口，所以一直沒講，但我在想，中獎的人說不定是我……既然大家都沒吃到，那應該是我吃到的吧。」

聽到她突如其來的自首，杉和門地都發出驚呼，健吾倒是很鎮定。

「真木島，這不可能吧。剛才在寫試吃感想時，妳明明是形容得最詳細的一個，哪裡恍惚了？」

「這個……」

真木島答不上來，門地凶惡地瞪著她說：

「她一定是以前有吃過！我早就這樣想了！」

真木島低著頭默然無語，但杉卻插嘴說：

「你怎麼能確定？阿真，妳解釋一下啊！」

「沒用的。我早就覺得她很可疑了。」

「胡說什麼，你才可疑咧。你不是很想破壞阿真的企劃嗎？」

「我幹麼做這種事？莫名其妙。」

健吾最擔心的情況發生了。原本只是想依照德國習俗用炸麵包愉快地玩遊戲，結果卻讓校刊社暗潮洶湧的對立浮上檯面。現在還來得及嗎？如果我能找出中獎的人，是否就能如健吾所期待，阻止校刊社變得四分五裂？

……老實說，我對校刊社的下場才沒興趣咧。

我已經蒐集到了所有想要的資料。吃到塔巴斯科炸麵包的到底是誰？是堂島健吾嗎？

是門地讓治嗎？
是真木島綠嗎？
是杉幸子嗎？
是飯田嗎？
是洗馬學長嗎？
是家政社的那個男生嗎？
是小鳩常悟朗嗎？不對，我要說清楚，我可沒吃。
或者是從某處跑來的神祕人物吃到的呢？
我能指出事件的真相。
任何得到相同資料的人都有辦法做到。

5

「真的有人在試吃的時候惡意地隱瞞了自己吃到塔巴斯科炸麵包的事嗎？」
我這個關鍵的問題被淹沒在校刊社無止境的爭論中，換句話說，根本沒人在聽我說話。就連找我來商量的健吾都一心關切著真木島和門地的爭執，看都不看我這邊。

我不太喜歡清喉嚨，因為這種行為彷彿是專門用來吸引別人的注意，讓我有點排斥，但現在不做也不行了。我把全身的力量集中在支氣管，用力地咳了幾聲。

健吾轉頭看我。

「怎麼了，常悟朗，你沒事吧？被塔巴斯科嗆到了嗎？」

他擔心地問道。我忍住了差點脫口而出的「對不起」，揮手表示沒事，把剛才那句話換了個說法。

「呃，那個，我在想，試吃的時候，或許真的沒人吃到加了塔巴斯科的炸麵包。」

「你說什麼！」

健吾大聲說道，其他三人都轉過頭來。

「怎麼可能！你不是親自去家政社確定過炸麵包裡加了塔巴斯科嗎？」

「嗯。」

「但你又說我們四個人都沒吃到？」

「是啊。」

「這樣太奇怪了吧！」

他的反應如我所料，讓我有些竊喜。真木島、門地和杉都用疑惑的眼神看著我，沉默不語，像是在等著聽我接下來會怎麼說。我笑了一笑。

「的確很奇怪，但是認定試吃的時候有人中獎更奇怪，這根本不可能。」
「為什麼？」
「你還問我為什麼？」
健吾雖然不是想像力豐富的人，但也不算特別遲鈍。他會問我為什麼，大概是因為心思都牽掛在校刊社的存亡吧。我提高聲調說：
「吃到那麼辣的塔巴斯科，怎麼可能若無其事地假裝自己沒吃到啊？」
健吾一臉驚訝，似乎真的沒有想到。他自己吃了之後明明也說過這麼辣不可能藏得住。
不料杉卻提出反駁：
「就算塔巴斯科非常辣，只要抱持著忍耐到底的決心，不要咀嚼太久，直接吞下去，或許還是有辦法假裝沒事。」
我搖頭說：
「不可能的。在我去家政社詢問之前，只有那位社員知道炸麵包裡加了塔巴斯科，你們四個人一直以為中獎的炸麵包裡放的是芥末，就連拿來炸麵包的洗馬學長也是。就算已經做好心理準備要忍受不辣的芥末，結果吃到的卻是塔巴斯科……」
門地很認同地點頭說：

「應該忍耐不了吧。絕對不可能。」

健吾皺起眉頭說：

「這就像是以為要被打巴掌，咬緊牙關之後卻被揍了肚子。這麼說來，確實會忍耐不住，表現在臉上……不過，若真是這樣，那中獎的炸麵包去哪裡了？是誰吃掉了？」

杉喃喃說道：

「是什麼時候吃掉的？門地一直在社辦裡耶。」

門地也歪著頭說：

「是要怎麼吃啊？麵包只有四個耶。」

他們的疑問都很合理。要推論出試吃時沒人中獎的「確切的結論」，一定會碰到幾個障礙，但我認為這些障礙都沒有困難到無法克服。

這件事看起來會這麼離奇，是因為證詞不完整。沉默、謊言和體貼，把事情變得更複雜了。只要把這些令證詞不完整的因素一一除去，自然就會水落石出。

狀況已經梳理完了。現在我只需要思考該如何表達。

「首先要看的是誰有機會。」

我看著大桌子上的盤子，如此說道。

「中獎的炸麵包本來在這裡，但是試吃的時候消失了，可見炸麵包在試吃之前就被拿走了。不過炸麵包一直放在那裡，而門地一直待在社辦，無論凶手是誰，有辦法躲得過門地的眼睛嗎？」

社辦底端靠近窗戶的地方有一張桌子，門地就是在那裡寫報導的。

「雖然健吾說過了，但我還是想請門地再描述一次當時是怎麼坐的。」

門地口中喃喃抱怨，但還是順從地站起來，走向那張桌子，拉來最近一張椅子坐下，身體的側面對著門口。

校刊社的其他三人紛紛說道：

「唔，門一直是開著的吧。」

「這樣會發現從側面走進來的人嗎？」

「有人走進來應該會有聲音吧……」

健吾盤著雙臂，向門地問道：

「你自己覺得呢？有人進來你會發現嗎？」

「當然會發現。」

門地如此回答，但語氣很沒把握。這也是應該的，因為他知道後來發生了什麼事。

「謝謝。」

我請門地回到原本的座位，然後一手按著大桌子說：

「洗馬學長來到社辦的時候你說了什麼？你還記得嗎？」

門地沒有回答，但他苦澀的表情就是答案。

「你是這麼說的……『他突然拍我肩膀，把我嚇了一跳』。」

這句話的意義很明顯。

「洗馬學長是為了嚇你，才故意躡手躡腳地從後面靠近吧。他是會做這種事的人嗎？」

門地以外的三人都一起點頭。

「我知道了。所以學長的計畫很成功，門地被嚇到了……也就是說，門地並沒有發現學長。這就證明了『如果有人進來門地應該會發現』的論點不可信。如果那人是偷偷靠近，他多半不會發現，就算那人只是正常地走進來，他也有可能沒注意到。」

健吾立刻反駁說：

「可是社辦裡只有門地一個人的時候炸麵包還沒送來。」

說得沒錯。洗馬學長要走時，杉正好進來了，所以門地單獨和炸麵包待在社辦裡的情況是不存在的。可是……

「如果門地沒注意到有人進來，學長也有可能沒注意到。」

「常悟朗，你這樣說太牽強了。有兩個人在，發現的可能性應該更高吧。」

杉也說道：

「學長和我在門口擦身而過時說他才剛來，可見社辦裡只有他和門地在的時間並不長。我進去以後就坐在門邊的座位，不可能有人偷偷靠近炸麵包的。」

我同時回答了他們兩人的質問。

「就算時間很短，還是有時間……而且我覺得那段時間不見得很短。而且，健吾，有兩個人在不會讓注意力增加，正是因為有兩個人，注意力反而會降低。」

健吾和杉都露出訝異的表情。我舉起撐在大桌子上的手，豎起食指。

「門地從三點半左右開始寫報導，健吾說那是『從上星期開始寫的三段報導』。這篇報導花了很多時間，連健吾都問了『很難寫嗎』，而門地的回答是『是啊，不太好寫』，接著又說『不過我已經進入狀況了』。也就是說，雖然寫這篇文章很辛苦，但門地剛才已經寫完了。在門地寫報導時走進社辦的洗馬學長是怎樣的人呢？」

我已經決定在處理這件事時要完全相信健吾說的話。而健吾是這樣說的……

「『如果報導寫不出來，他甚至會丟下自己的事情來提供建議』，是這樣沒錯吧，健吾？」

有人發出一聲「啊」。

「門地也得到了洗馬學長的建議，那段時間他們一直在討論事情。大家還記得嗎，杉說過那邊本來有兩張椅子，後來被她和真木島拿去坐了。接下來只是我的猜測，洗馬學長當時坐了下來，幫門地修改文章。」

我說到這裡就停下來盯著門地，健吾、杉和真木島也一樣看著他。門地在眾人的注視下，不高興地聳著肩膀說：

「是啊，我得到了學長的建議。因為是無關的事，我就沒提了。」

真的無關嗎？門地說的每一句話都透露出了驕傲，或許就是礙於自尊心，才會讓他即使寫不出報導也不想找學長幫忙。這只是我的猜測，而且和解開謎底無關，所以我就沒說了。

最重要的是這一點。

「也就是說，杉聽到學長說的『剛來』並不是指幾秒鐘以前，而是把他陪門地討論報導的那幾分鐘簡單地用一句話帶過……實際上到底是多長？」

我向門地問道，他不耐地回答：

「天曉得。大概五分鐘吧。」

「在那五分鐘之間，門地和洗馬學長可能都不會注意到有人進來。我這樣說沒錯吧？」

這個問題有點壞心。我已經指出了門地沒發現洗馬學長走進來的事，他當然沒辦法堅持自己一定會發現。果然，他只是不悅地說：

「學長很認真地給我意見，我也聽得很認真。其他事你自己想吧。」

我已經證明了有一段時間大家都沒注意到炸麵包。

「接下來是數量。」

說完以後，我看著放過炸麵包的盤子。

「家政社的男生在其中一個炸麵包裡加了塔巴斯科，把炸麵包放在盤子上的是洗馬學長，家政社的男生說當時沒看到盤子上放了幾個炸麵包。到了試吃的時候，盤子上有四個炸麵包，但裡面沒有中獎的那一個。」

「那是因為……」

真木島只說到一半就停了下來。我在心底默默感到同情，然後繼續說：

「所以我只能認為學長拿來的麵包不是四個，而是五個以上……從之前得到的資料來看，應該就是五個。」

「我知道你想說什麼。」

健吾板著臉說。

「校刊社的高一社員確實還有一個，就是飯田。如果加上他那份，應該拿五個炸麵包。但是洗馬學長早就知道他不參加試吃，會不會只是算錯了？」

「不是沒有這個可能，但你剛才的說法不太正確。你只看到真木島傳訊息通知洗馬學長『飯田不參加試吃』，不代表學長知道這件事。說不定他漏掉了訊息，或是打算晚點再看。」

「等一下。」

杉小聲而尖銳地說。

「阿真她……真木島明明收到了學長的回覆。」

「她確實這樣說過。」

她說學長只回覆一句「知道了」。但是……這種事還真不好開口。我抓抓臉頰，看著一旁說：

「可是，除了真木島以外，沒人看到學長的回覆。」

真木島的臉一下子全紅了。

「等一下，這是什麼意思！你是說我……」

現在只能裝傻了。

「妳可能看錯了，把其他人的訊息當成學長傳的。這種事很常見。」

我不給真木島反駁的機會，緊接著說：

「如果是妳看錯了，其實學長沒有看到訊息，那事情就很簡單了。洗馬學長考慮到飯田若是來了卻沒有他的份就太可憐了，所以拿了五個炸麵包，其中一個加了塔巴斯科，但是在試吃之前被人拿走了。」

「……對了！」

真木島突然大喊。

「沒錯，當時我正在跟哥哥傳訊息，是在談什麼事呢……好像是叫他幫忙買東西吧，那句『知道了』或許是他傳來的！」

「洗馬學長在樂團表演前都很緊繃，就算漏看了訊息也無可厚非。如果妳有帶手機就能確認了，真可惜。」

「是啊。真是糟糕。」

真木島如此回答，無力地垂下頭。

嗯。

她的演技太差了，這麼一來其他三人一定也看得出真相。簡單說，真木島傳的訊息被洗馬學長忽視了。我不知道這是因為洗馬學長忙著準備表演，還是他們兩人之間發生了什麼事，反正真木島自認和洗馬學長是青梅竹馬，而且都是由她負責和學長聯絡，她一定不希望大家發現他們的情況。

剛才真木島突然承認自己可能中獎，或許就是猜到了沒人承認中獎是因為有五個炸麵包。如果繼續追查下去，遲早會問到炸麵包的數量，這麼一來大家就會質疑她「收到學長的回覆」是在說謊。她就是為了快點解決這個問題，才會假裝自首吧。

我說看錯訊息是很常見的事，真木島不加思索地就同意了。看來她真的很重視和洗馬學長之間的情誼。

不管怎樣，我對這些複雜的人際關係實在沒興趣。

「總而言之……」

我轉換心情，繼續說道。

「就當作有五個炸麵包吧。」

「好啦，炸麵包有五個，而且又有一段時間沒有任何人注意到炸麵包，那會是誰吃掉的呢？」

健吾盤起雙臂，杉偷偷觀察著其他社員的表情，門地板著臉不吭聲，真木島的臉還有一點紅。

健吾請我幫忙找出是誰吃了中獎的炸麵包。先前所有討論都是為了回答這個問題所做的準備。

「雖然門地和洗馬學長的注意力都在報導上，但他們還是一直待在社辦，可是有個人把炸麵包吃掉了，或是拿走了，他們卻沒有注意到。由此可見，那個人一定沒跟他們說過話。」

我先暫停一下，等大家消化了我的話以後才繼續說：

「這裡的四個人當然都知道，炸麵包是為了試吃和寫報導而準備的，就算盤子上有五個炸麵包，你們也不會不先跟他們打聲招呼就默不吭聲地吃掉一個。這不是完全不可能，但太不合理了。」

我訂出的前提是凶手不會做出不合理的行動，所以我不考慮杉和真木島瞞著門地和洗馬學長偷吃的可能性。

……嚴格說來，真木島其實有理由這樣做。如果她看到炸麵包有五個，就會發現她和洗馬學長的聯絡出了問題，於是趕緊拿走一個，免得被大家發現她的失誤。如果真是如此，真木島在試吃時看到沒人承認中獎，就會想到中獎的是她藏起來的那一個麵包，她必須當場承認中獎才能瞞住這件事，但真木島卻是在試吃很久之後才自首，這就足以證明她在試吃之前沒有藏起一個炸麵包。

「的確很不合理。」

健吾凝重地說道。

「常悟朗，你發現了嗎？」

「發現什麼？」

「這樣就沒有嫌犯了耶。」

我知道他想說什麼。

「那飯田呢？」

門地沒把握地喃喃說道。

「不可能的，我過來之前一直跟他在教室裡說話，他沒有時間做這種事。」

健吾立刻反駁。

真的沒有嫌犯了嗎？不，不是的。

「健吾，炸麵包送到社辦後，門地和洗馬學長討論報導的五分鐘之間，放炸麵包的盤子是怎樣的狀態？」

健吾訝異地挑動眉毛，放開盤起的雙手，指著大桌子上的盤子說：

「就是這個狀態。試吃之後沒人動過這個盤子。當然，在你說的那個時間點，盤子上還放著炸麵包。」

「不對。」

「……什麼？」

我慢慢地走近冰箱。

「放炸麵包的盤子是在那五分鐘之後才變成這個狀態，因為杉和洗馬學長擦身而過走進來以後，為了準備拍照而整理過桌子。」

突然被叫到名字，杉嚇得渾身一顫。

「呃，我、我做錯了什麼事嗎……？」

「沒有啦，妳沒做錯什麼。」

雖然沒做錯，但是杉的無心之舉確實把事情變得更錯綜複雜了。我拿起冰箱上那個裝著糖果和牛奶糖的木盆，走回大桌子前。

「杉收拾桌子之前，在那五分鐘之間，炸麵包的盤子是這種狀態。」

我放下木盆。

靠在盤子旁邊的木盆上仍貼著紙條。

「原來如此！」

健吾叫道。

「就是這樣，炸麵包的旁邊放著貼了這張紙條的木盆……健吾，請你把問卷的回收箱拿過來。」

「喔喔。」

我把健吾遞過來的箱子放在木盆旁邊。

到這地步，其他三人也紛紛發出了驚呼。

「進來社辦的人不只是校刊社的社員，譬如說，我就不是，真木島也看到了一個女學生。我和那個女學生為了送回問卷才會來這裡，而且我不認為送問卷回來的只有我們兩人。」

紙條上是這樣寫的——「請把問卷放進箱子，這是謝禮，請自取。」

「門地和洗馬學長正忙著討論報導，就算有人拿問卷進來也不好意思打擾他們。此時那人看到這張紙條寫著『請把問卷放進箱子』，自然會照著做。」

杉說自己收拾過桌面，真木島說杉把問卷回收箱收起來了。也就是說，在杉收拾之前，箱子是放在桌上的。

裝著糖果的木盆上貼著紙條，叫人把問卷放進箱子。照這樣看來，木盆當時一定放在回收箱旁邊，也就是在大桌子上。

門地和洗馬學長正在討論報導時，桌上放了問卷回收箱、貼著紙條的糖果木盆，以及放炸麵包的盤子。

「那個人看到紙條寫著『這是謝禮，請自取』，就依言自取了……只不過那人拿走的是旁邊旁子上面的炸麵包。凶手是外面的人。」

起初我懷疑凶手是外面的人，校刊社的社員舉了三個反對的理由：第一，社辦裡一直有人在；第二，炸麵包只有四個；第三，外面的人不可能擅自吃掉炸麵包。但是把眾人的證詞整理過後，這三個理由都被推翻了。

門地的沉默，真木島的謊言，杉的體貼，都讓情況變得越來越複雜，最後才會演變成這種離奇的事態。狀況整理清楚以後，真相就很清楚了。

「太離譜了……」

健吾喃喃說道。

「你是說有個不相干的人拿走了加入塔巴斯科的炸麵包嗎？那個人也太倒楣了吧，機率只有五分之一耶。」

「是啊，不知道那個人是男是女，總之真是太不幸了。這算是意外事故吧。」

「雖說是意外……喂，要怎麼辦？」

健吾最後那句話不是對我說的，而是對校刊社的社員說的。

「怎麼辦……還能怎麼辦啊？」

「要用校內廣播叫那人不要吃嗎？」

「來得及嗎？都過一個小時了。」

我不理會驚慌失措、展現出空前團結精神的校刊社社員，默默想著那位不知名的凶手。真是太可憐了，只不過是送問卷過來。那人一定是個和我一樣在班上毫不起眼的人，他看到炸麵包沒有當場吃掉，而是帶回去了。希望他還沒吃下去，如果已經吃了……

一定會嚇一跳吧。他起初一定不明白發生了什麼事，嗆到之後急著跑去找水，嘴脣或許會變得紅腫，所以就打開窗戶吹風，想讓發腫的地方冷卻一下。他肯定好一陣子沒辦法正常說話，然後，說不定……

「啊！」

「怎麼了?你想到什麼了?」

健吾一臉認真地問我，我急忙搖手說：

「呃，沒什麼，沒什麼。我只是想到，送問卷回來的那個人……」

「怎樣?快說啊！」

我不禁嚥了一口口水。嘴脣紅腫、講話不清的那個人站在窗邊……

「……應該會辣到流眼淚吧。」

健吾皺起眉頭，喃喃說著「什麼啊」。

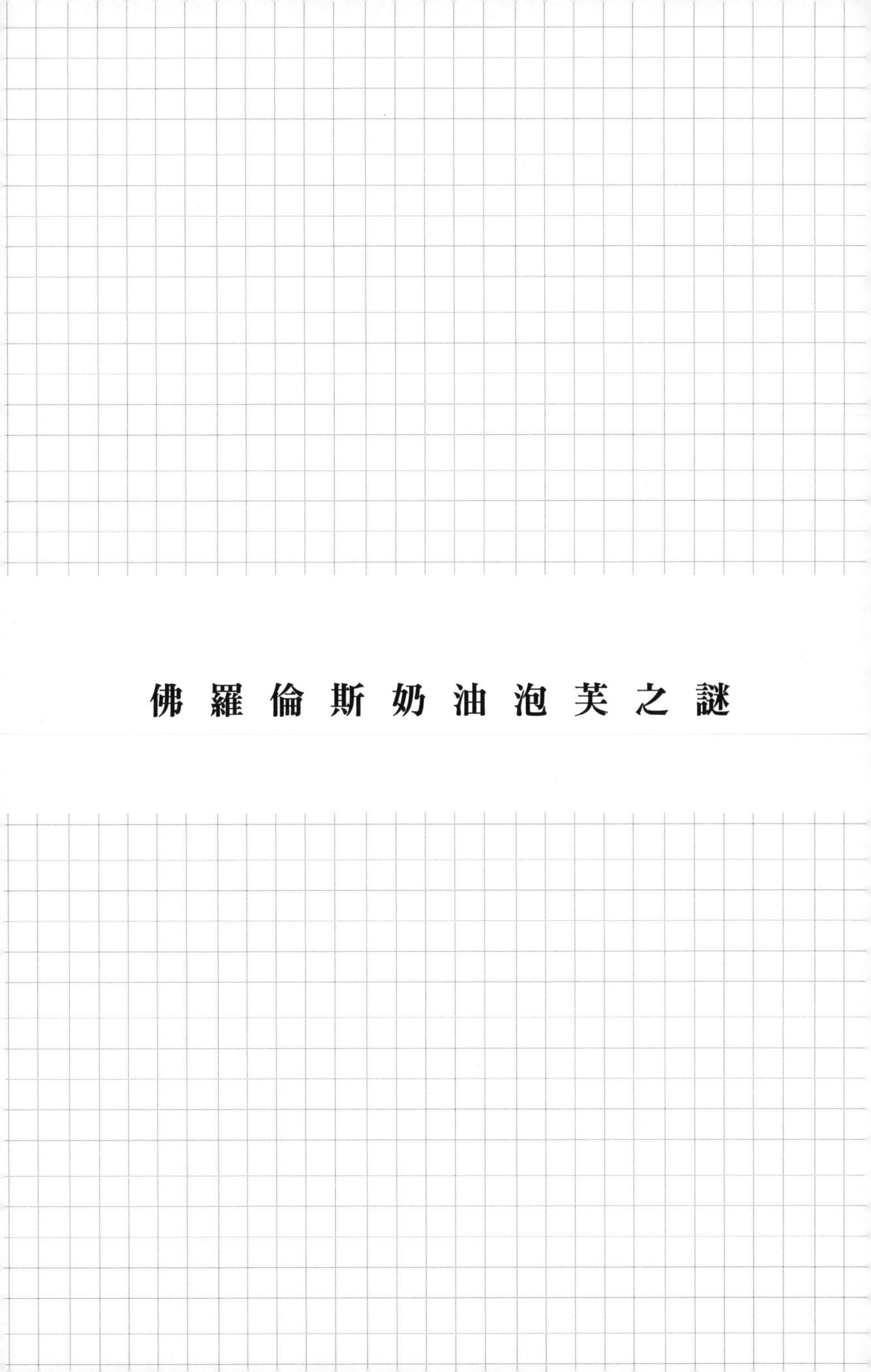

佛羅倫斯奶油泡芙之謎

1

直到十二月底都還感覺不到冬天的腳步，跨年之後天氣卻迫不及待地變冷。我不知道小佐內同學去哪過寒假、或是怎麼過的，總之我第三學期在學校裡一遇到她，她就鼓著臉頰說：

「我有一間店很想去，你能不能陪我？」

「是可以啦……什麼時候？」

「今天放學後。」

「這麼急？」

小佐內同學一臉意外地睜大眼睛，然後憂心地說：

「確實有點急……你不方便嗎？」

我在過年前後做了一些短期打工，現在手頭挺寬的，今天也沒有安排其他行程。小佐內同學又不害怕獨自行動，她會找我去吃甜點一定有其他理由，不過我平時也基於我們的互惠關係受了她不少關照，所以沒必要特地問清理由。

「不會啦。好，我陪妳去。」

小佐內同學聽了就露出微笑，搖曳著妹妹頭，對我點了個頭。

我們約好在校舍門口見面，我一放學就立刻去那裡等她，不過這個地點實在選得不好，乾冷的風不停吹進來，冷死人了。現在雖是冬天，但有很多日子暖到不需要穿禦寒衣物，我也經常因為粗心和逞強，來學校時只靠圍巾禦寒，不過今天真的冷到讓我覺得有點危險。我把雙臂環抱胸前，頻頻望向走廊，看我等的人來了沒有，我先看右邊，再看左邊，接著又往右邊看時，她已經站在我眼前了。

「久等了。」

小佐內同學的防寒措施一點都不馬虎，她身穿深藍色粗呢外套，頭戴奶油色耳罩，手上戴著邊緣有一圈毛皮的奶油色手套，還用花呢格紋圍巾裹住了半張臉。她嬌小的身軀裹得圓滾滾的，眼中不知為何有一抹得意的神色。

「看起來很暖和呢。」

我率直地說出感想，小佐內同學歪著裹在圍巾裡的頭，說道：

「嗯?現在是冬天嘛，很冷的。」

她穿了厚厚的黑色絲襪，但鞋子是沒有特別保暖的樂福鞋。我們一起走出校門，小佐內同學走在前面，也不說她要去哪裡，自顧自地往前走。她本來就不是多話的人，保持沉默也很正常，而我則是因為太冷而不想開口，只是在寒風中默默走著。

她要去的地方似乎在車站的方向。道路兩旁的店家逐漸變多，接著進入了拱頂商店街。每個路人都穿著厚厚的防寒衣物，不像小佐內同學那麼徹底就是了，相較之下，只有圍巾的我更顯得寒傖。

最後小佐內同學停在一間店門口，外面掛著日式甜點店的招牌，展示櫃裡擺放著紅豆湯和糰子串的樣品。

「是這裡嗎？」

小佐內同學點頭說：

「現在是新年嘛。」

原來如此，我正在想熱愛西式甜點的小佐內同學難得會來日式甜點店，原來是因為吃麻糬比較符合新年的氣氛。

小佐內同學喀啦喀啦地拉開側滑門，一股暖氣隨即竄出。小小的店面裡有六張桌子，現在只有一桌空著。桌子都是四人座，讓我明白了小佐內同學為什麼不敢自己一個人來。大部分的客人都是上了年紀的人，每個都興高采烈地享受著甜點。

「歡迎光臨，請坐那一桌。」

接待我們的店員似乎是大學生，語氣很開朗，動作也很敏捷。我們那一桌離空調的出風口很近，熱風吹在脖子上，讓我渾身舒暢。小佐內同學沒有脫掉耳罩或圍巾，但還是脫下了外套，拿起手邊的菜單認真地研究。我也想看啦。

「田舍紅豆湯……」

「我也要那個。」

「還是御膳紅豆湯……」

「那我也要那個。」

小佐內同學瞪了我一眼。

「你太沒主見了吧。」

那妳把菜單給我啊。

我看看四周，米黃色的牆壁上貼了寫著甜點品名的短箋，所以我就從那裡面選了。結果小佐內同學點了田舍栗子紅豆湯，我點了御膳紅豆湯。小佐內同學不知為何用氣憤的眼神盯著我。

「對了，你的紅豆湯是用豆沙煮的吧？如果我們更親密一點，我就能叫你分給我吃了。」

她如此說道。我很想說：「妳兩種都點不就好了？」不過我若是這麼說，她可能真的會點兩份，這樣一定會吃不下晚餐的。考慮到小佐內同學的營養均衡，我還是決定不開口。

話說回來，小佐內同學今天似乎不太對勁，該怎麼說呢，專程來到甜點店，她卻好像一點都不開心，又好像有事煩心。之後紅豆湯送上桌，她仔細凝視，然後雙手合十。她本來就是吃東西前會先說「我領受了」的人，但我還是第一次看到她這麼專注地祈禱。我忍不住問道：

「怎麼這麼專心？」

小佐內同學低聲沉吟，似乎不知道該不該講，或許是不想拖延享用紅豆湯的時間吧，她嘆了口氣，簡短地說：

「這是我今年第一次吃甜點，這是在祈求惡運遠離。」

開運甜點嗎？我沒聽過這種習俗。

「因為我去年很少有機會能安安穩穩地享用甜點，尤其是下半年，真是太慘了。」

小佐內同學說完就脫下圍巾，拿起木匙，舀起有紅豆顆粒的紅豆湯，吹了幾下，才放進嘴裡。她一向很怕燙。

她說下半年很慘，應該是指去古城同學的學校參加校慶，吃了紐約起司蛋糕，原本想在離開前再吃一次，結果因為被人綁架而無法如願的事。之後校刊社那件事應該也包含在內吧。秋天那件事不知道算不算。她為了新開張的名店專程跑去名古屋，點了三顆馬卡龍，結果卻莫名其妙地多了一顆，雖然小佐內同學和我被迫查出理由，但她又不是沒吃到馬卡龍。

「Pâtisserie Kogi 那次應該還好吧？」

聽到我這麼說，小佐內同學的湯匙停在半空中。

「是吧……」

「妳不認為嗎？」

「看著那麼美味的季節限定馬卡龍，我卻沒辦法專心享用。事後回想起來，我只記得戒指的事……真是令我無比憾恨。」

講得好像妳打輸了比賽似的。

我的紅豆湯也送來了，我趕緊喝一口，熱氣和甜味把我體內的寒冷一掃而空，舒服到背脊顫動。

我們面對面沉默地喝著紅豆湯。歇息了片刻，我又拿起筷子，吃起烤得焦黃的麻糬，那絕妙的彈性真是令人愉快。

「對了。」

我開口說。

「是什麼理由讓妳又想起了去年的不幸？」

我沒有明確的證據，但她就算覺得去年過得不好，想要祈求今年有好運氣，在第三學期開始之後才祈求好像慢了點。（註3）小佐內同學拿湯匙的手停了下來，抬眼瞄著我說：

「……你的直覺果然很強。」

「多謝。」

「我喜歡直覺強的人，只要不看穿我的心事。」

小佐內同學放下湯匙，從書包裡拿出一本薄薄的雜誌，書名叫《ORCA》，我在車站和書店都看過這本迷你誌。

「你看第一篇報導。」

我依言翻開雜誌，立刻看到了名古屋舉行日義 Pasticcere 交流會的報導。Pasticcere 是甜點師傅的義大利語，日本和義大利的甜點師傅在站立式派對上度過了一段歡樂的時光。我本來想問這篇報導怎麼了，但又覺得立刻問出答案很無趣，所以想自己猜猜看是什麼地方刺激到小佐內同學。

我讀了那篇報導，裡面完全沒提到交流會的內容和來賓的演講，整篇說的都是派對料理，而且甜點占了很大一部分。我訝異地翻回目錄，發現裡面介紹的都是新開張的蛋糕店和新上市的禮品，看來這迷你誌是針對喜歡甜點的人而做的。日義甜點師傅交流會準備了市內幾間西式甜點店精心製作的義大利甜點，Zuppa Inglese、Zabaione 這些單字

3　日本的過年是國曆一月一日，第三學期是從一月中旬開始。

我看了也不知道是什麼意思，Tiramisu（提拉米蘇）和Panna cotta（義式奶酪）我倒是知道。難道小佐內同學是看到報導中豪華的義大利甜點，突然覺得自己很可悲嗎？應該不會吧……

小佐內同學看我遲遲找不到重點，似乎有些焦躁，她簡短地說：

「照片。」

喔喔，是照片啊。對耶，我還沒有仔細看過照片。拍攝地點似乎是某間飯店，空間很寬敞，地上鋪著地毯，天花板掛著輝煌燦爛的美術吊燈，桌上擺著一座巨大的鯱，不知道是雕刻還是麥芽糖工藝。鯱代表名古屋，我想應該也有一個代表義大利的東西，但照片沒有拍到。還有一些用特寫鏡頭拍攝的甜點照片，每樣看起來都很好吃，裡面不全是罕見的甜點，也有我熟悉的奶油泡芙之類的東西。另一張照片裡有個留鬍子的年輕白人男性和一個中年日本男人拿著紅酒杯相視微笑，兩人的背後有位穿水手服的女孩笑容滿面地抬頭仰視，照片上印著一行「盛大的交流派對」，最後的「對」字剛好蓋住女孩的頭。

呃，這個女孩……

「這是古城同學吧？」

古城秋櫻是我們去年秋天意外認識的國中生。我覺得那件水手服很眼熟，仔細一看，那不就是古城同學就讀的禮智中學的制服嗎？

「就是啊。」

小佐內同學答道，然後皺著眉頭把紅豆湯舀進口中。原來是這樣……

「妳嫉妒她啊？」

「是羨慕。」

看到古城同學在豪華會場開開心心地享受義大利甜點，再想到自己去年的遭遇，她一定很不是滋味。小佐內同學的湯匙動得更快了。

「我看到這篇報導的時候正在發燒。我躺在床上想著好難受啊，想著退燒之後一定會遇到好事，想著如果沒遇到好事就太不值了，然後我看了這篇精彩派對的報導，就看到古城同學開心地吃著奶油泡芙。」

聽她這麼一說，我再仔細一看，古城同學的臉上……應該說是嘴角，確實沾到了奶油，這樣子感覺更幸福。

「難怪妳會嫉妒。」

「是羨慕。」

有差嗎……

「我還是問一下好了。妳應該退燒了吧？」

小佐內同學稍微睜大了眼睛。

「嗯，已經沒事了。謝謝關心。」

不客氣。小佐內同學希哩呼嚕地吃了麻糬，又配了一點柴漬（註4），然後深深嘆氣。

我闔上雜誌，再次打量印著書名《ORCA》的封面，上面有一位我不認識的女明星拿著水果百匯露出微笑。

「這本雜誌真厲害。『ORCA』是甜點相關的專有名詞嗎？」

小佐內同學一邊舀著紅豆湯，一邊簡單地回答：

「鯱。」（註5）

所以說……因為這是名古屋的小雜誌，所以取了帶有名古屋風味的名字。小佐內同學吃了糖煮栗子，喝了茶，搖晃著左手食指說：

「《ORCA》本來只是普通的迷你誌，六年前換了總編以後就改成主打甜點，因為很有特色，現在連外縣市都買得到。」

「啊，這不是免費的嗎？」

「小鳩，你該不會偷拿過吧？」

4　紫蘇葉醃茄子。

5　「鯱」也代表虎鯨，虎鯨的英文是ORCA。

我怎麼可能做這種事？小佐內同學搖著左手食指繼續說：

「……尤其是他們年終固定推出的本年度甜點店排行榜具有超乎想像的影響力，聽說只要能進榜，就會得到東京和大阪的百貨公司的青睞。之前連續三年的榜首都是八事的Marronnier Champ，但今年榜首換人了。」

我猜到了結果。

「是古城嗎？」

小佐內同學滿意地點頭。

「你很懂嘛，小鳩。沒錯，今年的榜首就是Pâtisserie Kogi Annex Ruriko。」

那間店秋天才開幕，就登上了年終排行榜的榜首，崛起速度之快真是令人震驚。而小佐內同學在那間店剛開張時就去光顧了，她的天線還真是敏銳。

「真厲害，去過那間店真是太好了。」

我發表了由衷的感想，小佐內同學的表情卻黯淡下來。

「是啊……如果光是享受美食就回家，那就更好了。」

哎呀，她又開始消沉了。小佐內同學拿起茶杯一飲而盡，然後把茶杯咚的一聲放在桌上。

「……總之我希望今年能碰上好事，甜點裡面不會出現怪東西，辛苦買來的草莓塔不會被偷，想吃蛋糕時不會突然被綁架，可以安安穩穩地盡情品嘗好吃的甜點。真希望能說出『我已經吃得很飽了，感謝招待』。」

這是在說芥川龍之介的《芋粥》嗎？

「妳的願望今天應該會實現吧。」

我激勵似地說道，小佐內同學像是在思考，過了一下才點頭。

「嗯。紅豆湯很好喝，暖呼呼的。」

雖然小佐內同學這樣說，但看起來並不是真的很滿足。她為了配合新年的氣氛用麻糬來當開運甜點，紅豆湯也確實好喝，不過似乎還沒達到享受的程度。聽了她如此悲情的分享，我已經無暇擔心她晚餐的事了。我向早已吃完自己那份、此時頻頻打量我這碗御膳紅豆湯的小佐內同學提議說：

「要不要再點一碗？」

「咦……可是，怎麼可以……不行啦，小鳩。可是……真的要嗎？」

妳是在猶豫個什麼勁啦，既然有結論了就行動啊！當小佐內同學正想舉手叫店員時，我聽到了低沉的震動聲。那是手機在靜音模式時通知來電的震動聲。我隨即摸了口袋，但我的手機沒有動靜。小佐內同學從裙子口袋裡掏出手機，叫出畫面一看。

「說曹操，曹操就到。」

看來是古城同學打來的。小佐內同學站了起來。

「我出去一下。」

還好電話是在她喝完紅豆湯之後才打來的。我看著小佐內同學拉開門走出去，然後轉回來看著我的紅豆湯。碗裡還是熱的，粒粒分明的紅豆湯非常甜，吃起來卻一點都不膩。我到這裡之前不知道是要來喝紅豆湯，但今天真是發現了不少好東西。柴漬的酸爽能幫助轉換口味，偶爾喝一口的茶也比平時的好喝。啊啊，身體都暖起來了。

此時一陣冷風吹來，小佐內同學又拉開拉門走了回來，她雙手抱著自己的身體，一副很冷的樣子。沒穿禦寒衣物就跑出去，當然會冷嘛。她慢慢坐下，表情有些陰沉，或許是因為我的紅豆湯已經喝完了吧，但這鐵定不是唯一的理由。

「怎麼了？」

被我這麼一問，小佐內同學拿起溫溫的茶水一口喝光，然後歪著頭說：

「我也不太明白。」

她看著手機，彷彿裡面會有答案，接著她關掉螢幕，把手機收回口袋，繼續說：

「古城同學被停學了。她哭個不停……說自己是冤枉的。」

2

下一個星期六，我和小佐內同學一大早就一起搭上東海道線，前往名古屋。

國中的時候，我身邊也發生過不少事，包括我不願回想的事，還有……呃……或許全都是我不願回想的事。總之有一些同學做了違反社會規範的事，但他們只是被叫去學生指導室狠狠地挨了一頓罵，並沒有因此被停學，畢竟我和小佐內同學讀的是公立國中，屬於義務教育，禁止學生上學可能會引發爭議。正確地說，古城同學受到的處罰是「在家自習」，但實際上就是停學，只有私立學校才能這樣處罰學生，這令我莫名地感到佩服。

小佐內同學去安慰傷心的古城同學不是奇怪的事，但她這次又叫我一起去。雖然我認為古城同學不喜歡我，但小佐內同學說：

「我本來也有點擔心，但她自己說了要你一起去。可能校慶那次你想方設法救我出來，讓她對你有點改觀了吧，她說希望你也一起去聽她說。」

「這番話讓我很有面子，我非常高興」……我說不出這句話。雖然古城同學是冤枉的，但她對我抱持著期望，令我想起一些不愉快的回憶——我想起了和小佐內同學相約一起成為小市民之前的自己。說是這樣說，我還不至於為了保護自己而拒絕她的請求。

我和照樣穿得圓滾滾的小佐內同學從名古屋站出發，經過曲折的路徑，從地下鐵東山線的覺王山站走上地面，就看到一片清澈的冬季天空。周圍像是住宅區，寬敞的馬路兩旁都是五六層樓的公寓。小佐內同學似乎來過這裡，她大致地掃視一圈，就說了「這邊」邁步前行。

遠離主要幹道之後，四周變得很安靜，柏油路有些褪色，「停」字的牌子有點歪了。這裡有很多獨棟房子，庭院樹木的落葉被冷風吹向馬路。小佐內同學在一棟四層樓的白色公寓前停下腳步，站在玻璃門前。門打不開。

「……咦？」

「我是第一次來，不了解情況。這是自動鎖吧？」

小佐內同學不發一語，反而熟門熟路地操作起門邊的面板，沒多久就聽到了含糊不清的回應。

『喂？』

「你好，我是小佐內由紀。」

面板立刻傳出欣喜的語氣。

『啊，好的！我立刻開門！』

玻璃門打開了。開門的瞬間，小佐內同學喃喃說了「芝麻開門」，我可沒有聽漏。

古城同學的家在最頂層的轉角房間。我對不動產不太了解，但她住的地方顯然條件很好。小佐內同學告訴過我，古城同學的父親古城春臣是在東京開店的知名甜點師傅。我聽說古城春臣出身名古屋，發現他們住在公寓令我有些意外，我還以為他們住的應該是歷史悠久的獨棟房子。

小佐內同學站在深褐色的門前，按下門鈴。

「你好，我是小佐內由紀。」

門扉立刻往外敞開。古城同學一看到小佐內同學就大喊：

「小由紀學姊！」

然後抱著她哭了起來。小佐內同學一副不知所措的樣子，尷尬地舉起手，戰戰兢兢地放在古城同學的頭上，輕輕摸了起來。

古城同學帶我們到客廳。這個空間以白色和玻璃為基調，牆壁、天花板和家具都帶有一種透明感，黑色的東西只有沒打開的電視。我感覺這個空間很潔淨，但又忍不住聯想到醫院病房。中央的桌子擺著花瓶，不過插在裡面的鮮豔花束並沒有減弱這種印象，反而還增強了。

牆邊矮櫃上放著玻璃相框，但正面是朝下的。牆上掛著電子鐘，顯示時間是十一點。

古城同學為我們泡了花草茶，我和小佐內同學坐在白色沙發上喝茶。我們先聊了些天氣或氣溫之類不可或缺的寒暄，然後才進入主題。

「我看過妳的訊息了。」

小佐內同學說道。

「不過我還是想請妳再說一次被停學的理由。」

坐在單人座墊上的古城同學乖巧地點頭。

「過年的時候，我們班上有些人辦了派對，還找來了其他學校的朋友，詳情我不太清楚，好像還有跨年倒數吧。聽說之後他們玩得很瘋，還喝了香檳。」

這種事挺常見的。我默默地點頭，古城同學的眼中又逐漸盈滿淚水。

「那件事跟我又沒有關係，我除夕那天一個人在家做年菜，隔天爸爸也回來了，我們一起去爺爺家拜年，而且大掃除還沒做完，我忙都忙死了。可是學校老師卻認定我也參加了派對，也喝了酒，完全不聽我解釋。」

她的淚水滑落臉頰。小佐內同學面無表情地問道：

「妳說學校老師嗎?告訴妳要停學的是誰?」

「是我的班導，深谷老師。他說『這件事已經決定了，妳跟我解釋也沒用』。那個老師根本就討厭我！」

我不知道深谷老師是不是討厭古城同學，但通知校方處分時應該要慎重一點吧。從這位老師的話中聽來，停學並不是他決定的，他只是負責轉達。

古城同學提高了音調。

「如果我是因為犯錯而受罰也就算了，可是我什麼都沒做啊！我本來想要除夕就去爺爺家，是爸爸叫我幫忙家事我才這麼努力的！竟然說我去參加派對！真是不可原諒！」

「是啊。」

小佐內同學淡淡地說道。

「不可原諒。」

之後好一陣子客廳只能聽到古城同學的啜泣聲。我什麼話都沒說，小佐內同學也抿緊嘴巴，大概覺得自己沒辦法做什麼吧。

後來古城同學稍微冷靜一點了，但還是抽抽搭搭地說：

「小由紀學姊，我好不甘心。有人誣賴我參加了派對。到底是誰……為什麼做這種事……」

「……妳想知道嗎？」

小佐內同學低聲說道。

「照妳的敘述聽來，鐵定有人說了謊。到底是誰……是誰給妳設下陷阱，是誰抹黑了妳……說不定有辦法查出來。」

古城同學紅著眼眶看著小佐內同學。

「古城同學，妳真的想知道敵人是誰嗎？」

她不加思索，立刻清晰地回答：

「是的。」

我看得出來，小佐內同學希望古城同學放棄追究此事。她希望古城同學當一個小市民，別追究不公義的事，而是認命地接受。所以小佐內同學又說一次：

「想要知道別人隱瞞的事，就得付出代價。或許妳會覺得不值得做到這種地步喔。就算這樣妳還是想知道嗎？無論如何都想知道嗎？」

古城同學毫不猶豫地大喊：

「我無論如何都想知道！我不能原諒這種事！」

「這樣啊……」

小佐內同學低著頭，我看不清楚她的表情。是悲傷呢？還是在笑呢？小佐內同學往後靠在白色沙發上，說道：

「我明白了。我會幫妳的。」

因為這件事被停學的總共有四人：茅津未月、佐多七子、栃野美緒，以及古城秋櫻。四人都是國三，都是同一個班級。

除了古城同學之外的三個人之中，身處領導地位的是茅津。

「我跟她們很少說話，但我很確定，另外兩個人感覺就像茅津同學的跟班……」

古城同學這麼說。小佐內同學詢問她是怎樣的人，古城同學就拿出幾張照片，那是發給全班同學的運動會照片，所有人都穿著體育服。

「這個人就是茅津同學。」

聽說那人是因為在跨年派對上喝酒而被停學，我還以為她的外表會很花俏，結果我這單純的想法完全錯了。仔細想想，古城同學就讀的禮智中學似乎管得特別嚴，學生在參加學校活動時當然不可能打扮得花枝招展。那張照片中，似乎正在參加接力賽跑的茅津同學手腳細長，頭髮在腦後綁成一束，若是放下來應該會很長，她的長相挺成熟的，但還是隱約帶有國中生的感覺。

「我記住了。」

雖然小佐內同學這樣說，但我還是請古城同學把照片借給我們。說不定會需要拿給別人看。

佐多同學只有被拍到坐在觀眾席的模樣，但明顯散發出一種不好相處的氣質。還是說，她只是因為不喜歡拍照，所以看到有人在拍她，她就瞪著照相機？她有一張圓臉，但是看她在其他照片裡站著的樣子卻沒有很豐滿。栃野同學看似額頭很寬，或許只是因為瀏海撥到後面。她曬得有點黑，照片中的她才剛輸了拔河比賽，表情非常不高興。

「妳說妳跟茅津同學那群人很少說話，妳們關係不好嗎？」

我謹慎地確認，而古城同學搖頭說：

「不至於不好啦。我們在做班上的工作時會互相幫忙，有事情要談就會說話。」

古城同學對我還是有些距離感，但我問問題她都會回答。小佐內同學說是她要求我一起來的，看來是真的了。

「可是我們沒有在校外見過面，我也不知道自己為什麼會被當成茅津同學那一群的。」

她這句話沒有任何可疑之處，小佐內同學卻尖銳地問道：

「……你們真的沒有在校外見過面嗎？」

古城同學的表情有點僵。哎呀，我就覺得她說話的方式有些不自然，原來她不是因為面對男生有些緊張，而是因為說了假話。這點我還真沒看出來。

「如果妳不照實說，我就沒辦法幫妳了。不管妳說了什麼，我和小鳩都不會批評妳，但說謊就不行了。」

古城同學紅著臉低下頭去。

「……只有一次，我們一起去KTV唱歌。那是校慶後的慶功宴，班上一半的同學都去了……可是我才不會喝酒咧！」

小佐內同學溫柔地笑著說：

「我知道了。妳還有其他忘記交代的事嗎？不只是茅津同學，妳和佐多同學和栃野同學也沒有交情嗎？」

「唔……我和佐多同學完全沒有說過話。栃野同學對製作甜點有興趣，我本來想過要跟她當朋友，但我們的個性好像不太合，不知道她是討厭我，還是不敢親近我。」

古城同學製作甜點的技術非常專業，如果栃野同學對甜點的興趣只限於自己烤烤餅乾，或許真的不敢親近她吧。

「所以應該就是茅津同學……」

小佐內同學用拇指按著嘴脣，喃喃說道。她抬眼瞄著我，問道：

「小鳩，你有辦法在不熟的地方埋伏監視嗎？」

「真的要做還是有辦法啦。小佐內同學，妳想要去接觸茅津同學嗎？」

「嗯。」

「要我去埋伏也行啦，不過還有其他的方法。」

我向古城同學問道：

「妳有茅津同學的手機或其他聯絡方式嗎？有的話就跟她聯絡，說有事要找她談。」

小佐內同學拍了一下手，像是在說「原來還有這一招」。一下子就想到埋伏啦跟監什麼的，實在不是小市民的作風，我之後得好好跟她談一談。古城同學點點頭，立刻拿來了手機。

3

茅津未月同學很乾脆地答應了古城同學的邀約。現在正好是中午，所以雙方決定先各自吃午餐，一點的時候在名古屋站地下街的咖啡廳見面。古城同學說那間店的生意沒有很好，就算是週六下午也有座位。

古城同學不參與這次會面，因為別人若是發現她被勒令「在家自習」還跑出去和茅津同學見面，等於證實了她跟茅津同學是同一夥的。古城同學跟茅津同學說會由「表姊」去跟她談，茅津同學也同意了。

我們離開古城同學的家，回到名古屋站，在地下街迷路了一會兒，但還是在十二點半找到了那間咖啡廳。那間店的名字「富嶽」很有格調，裝潢也很有格調，店內播放的音樂也很有格調，留著絡腮鬍、沉默寡言的老闆也很有格調，而且我明明只點了咖啡，卻一併送上了吐司、小盤沙拉、水煮蛋和稻荷壽司。直接和茅津同學接觸的只有小佐內同學，我則是坐在附近的座位豎耳傾聽。

小佐內同學跟老闆說等一下還會有一個人來，獨自占了一張四人桌。我的手機收到訊息『這裡有布丁水果百匯』，我就回覆了『可以點來當午餐』。小佐內同學似乎不打算真的用甜點來代替午餐，最後點了三明治。我們兩人各自吃完午餐，然後小佐內同學點了熱可可，我又點了一杯咖啡，等待著約定的時刻到來。

茅津同學比我想像的守規矩，她在約好的時間準時現身了。照片中的那位女孩今天沒綁頭髮，穿著領口有一圈毛皮的防寒夾克。她在不甚寬敞的店內掃視一圈，發現女性客人只有小佐內同學一個，就訝異地皺著眉頭走過來。

「……妳是古城的表姊嗎？」

她的語氣很凶惡。正用雙手捧著熱可可吹氣的小佐內同學抬起頭來。

「是的，我叫小佐內由紀。妳就是茅津同學吧？謝謝妳在假日特地出來。」

茅津同學沒有回話，不等對方邀請就直接坐下。從我這裡可以看到茅津同學的臉，但只能看到小佐內同學的後腦。茅津同學向店員點了香蕉果汁，然後用濕毛巾擦擦手，問道：

「古城沒事吧？」

小佐內同學似乎沒想到她會這樣問，頓了一下才回答：

「她很消沉。」

「我想也是。真可憐。」

然後她頻頻打量小佐內同學，問道：

「妳跟我們同年嗎？」

「我是高中生。」

茅津同學揮手表示不重要。她大概不相信吧。

香蕉果汁送上桌了，茅津同學一口氣喝掉了半杯。小佐內同學先開口說：

「我聽秋櫻說你們在跨年派對喝了酒，她明明沒有參加，卻一起被停學了。如果我有說錯的地方，請妳告訴我。」

「可以啊。妳沒有說錯，我在朋友家參加跨年倒數，有人拿出香檳或蘋果酒，我也喝了一點。古城沒有來，但是也被停學了。」

茅津同學一副懶洋洋的樣子，靠在椅背上。

「還有人說有男生參加，真是蠢斃了。啊，有是有啦，不過他只有七歲，而且玩到一半就睡著了，之後我們就去附近的公園放煙火。」

雖然喝酒不太好，但這場聚會聽起來還挺開心的。小佐內同學繼續問道：

「總共有多少人？」

「大概十二、三個吧。多到我幾乎沒注意到古城有沒有來。」

「參加的都是你們熟識的朋友吧？為什麼會被學校知道？」

茅津同學仰天長嘆。

「因為有些人太笨了。要拍照留念是無所謂，竟然還傳上網路，有多管閒事的人看到就去告狀了。學生指導部把我們叫去，拿出照片給我們看，說『你們應該知道是怎麼回事吧』。」

「這樣啊……真慘。」

「是啊，沒辦法。」

她倒是很看得開。還是說，她只是在別人面前故作堅強？我一直盯著她可能會被發現，所以我只是盯著自己的咖啡。雖然這樣還是有些詭異。

「妳也有被傳上網路的那張照片嗎？」

「喔，我也不確定，當時拍了很多照片……等一下。」

她從外套口袋拿出手機，操作了片刻。

「有有有，就是這張，大家在乾杯的照片。」

茅津同學把手機朝向小佐內同學，小佐內同學看了一陣子，然後說：

「秋櫻不在裡面耶。」

茅津同學用不耐的語氣說：

「那是當然的，她根本沒來。我不是早就說了嗎？」

「可是秋櫻也被停學了。向校方告狀的照片上明明沒有她……為什麼會這樣呢？茅津同學，妳知道嗎？」

「天曉得。我停學的隔天又被叫到學校，學生指導部的三本木老師一口咬定古城當天也去了。」

茅津同學的語氣變得很氣憤。

「我可要說清楚，我有跟老師說古城沒有參加。我沒有為自己辯解，也不打算這麼做，但我不想看到沒參加的古城也被拖下水，所以我一再解釋她沒有去，可是老師卻說『少騙人了』，根本不聽我說。」

「那位三本木老師原本就是很難溝通的人嗎？」

小佐內同學冷冷地問道，茅津同學歪著頭說：

「唔……好像不是。他是學生指導部的老師，非常凶，還會大聲吼我，所以我很討厭他，可是他不像是歇斯底里的人。還有其他更歇斯底里的老師，所以我知道三本木老師不是這一型的。」

然後她苦笑著說：

「不過，我不只幫古城說話，我還說了瑪洛和娜娜也沒去。如果他是因為這樣而不相信我，那我對古城還真是過意不去。」

「瑪洛？娜娜？」

小佐內同學問道。

「喔喔，瑪洛是栃野，娜娜是佐多。因為佐多的名字是七子（註6），而瑪洛……為什麼叫瑪洛啊？總之大家都這樣叫她。」

老師的手上有栃野同學和佐多同學參加派對的證據，茅津同學還硬要辯解，難怪老師不相信她說的話。但她也沒有想過這樣會害到古城同學就是了。

小佐內同學想了一下，問道：

「那張照片可以傳給我嗎？」

雖然那是茅津同學被停學的證據，但她卻毫不提防。

「可以啊，沒什麼。」

她們兩人操作手機傳輸照片，最後茅津同學說：

6　「七」的日文讀作「娜娜」。

「妳安慰一下古城吧，她一定不太習慣這種事。」

說完以後，她一口喝光香蕉果汁，把剛好的零錢放在桌上就走了。

我看著茅津同學離開後，就告知店員我要換座位，移到小佐內同學的面前。小佐內同學拿著熱可可的杯子說：

「你都聽到了嗎？」

「嗯，聽得很清楚。」

「我們得去見見三本木老師。」

「好像看到一線希望了。」

小佐內同學點點頭。茅津同學是因為有照片為證才被停學的，所以古城同學被停學不太可能沒有任何證據，此外，如果古城同學真是冤枉的，那證據就是假造的，一定找得到端倪。所謂的端倪就是足跡，循著足跡就能找到源頭。

「可是要見那位老師不太容易。」

「是啊……」

學校是個封閉的地方，若非校慶的日子，校外人士很難進去。小佐內同學假裝成「擔心古城同學的表姊」就能找茅津同學問話，若要找三本木老師問話，這招就行不通了。就連居中介紹的人可能都找不到。

小佐內同學面無表情地放下杯子，雙手抱頭。這個動作是代表束手無策嗎？還是她覺得按摩一下腦袋就能想出主意？答案應該是前者吧，想要找三本木老師問話，一定要有充分的立場。

「乾脆去跟蹤三本木老師……」

唔，還是先別考慮這種方法吧，搞不好問題會變得更嚴重。我喝著變冷的咖啡，沒有經過深思就隨口說出：

「能找老師談話的應該只有監護人吧。」

我和小佐內同學不管再怎麼賣力演出，也不可能假扮成古城同學的監護人。我這句話是在表示無計可施，小佐內同學卻突然說：

「啊，對耶！不愧是小鳩。只要古城同學的監護人肯幫忙，事情就簡單了。」

「辦得到嗎？古城同學的爸爸是在東京開了店的甜點師傅吧？」

「是古城春臣。在他精心準備下而開張的 Pâtisserie Kogi 是……」

「謝謝，妳上次的教學我還記得。」

古城春臣只有在放假的時候才會回名古屋，所謂的假日想必不是指生意特別好的週末，今天是星期六，他一定不在家，而古城同學的母親已經不在人世了。

「……仔細想想，古城同學平時是怎麼生活的啊？她只是個國中生，卻一個人住在那間公寓。」

我喃喃說道，小佐內同學卻冷眼看著我說：

「你現在才想到這些？」

她的言下之意是我明明去年秋天就認識她了。的確是這樣沒錯，但我之前從未想過古城同學的生活情況。

「聽說她的爺爺奶奶住在附近的獨棟房子，平時很照顧她。她爸爸有問過她要不要搬去東京，但她在這邊有朋友，而且她又是很努力才考上現在的學校，現在還剩一年才會畢業，她不知道該怎麼決定。」

「這樣啊……」

我並不是特別擔心古城同學，但聽見這些事還是鬆了一口氣。我們各自喝起飲料。之後小佐內同學說：

「有一個方法。」

小佐內同學說的方法我也想到了。

「是啊，有一個方法。」

就算請她住在附近的爺爺奶奶幫忙，恐怕也敲不開學校的大門。老師一定會說「我理解你們的擔心，但還是請監護人來談吧」。不管怎樣，只有父母才有說話的立場。

古城春臣打算和他店裡的甜點師傅田坂瑠璃子再婚，如果他們已經辦了婚姻登記，田坂瑠璃子在戶籍上就是古城秋櫻的母親了。田坂瑠璃子是去年在名古屋新開張的Pâtisserie Kogi Annex Ruriko的店長，也就是說，她現在應該在名古屋。現在問題只有一個。

「古城同學會不會反對啊？她不是很排斥爸爸再婚嗎？」

古城同學一定不希望把田坂瑠璃子牽扯到自己的問題。但小佐內同學乾脆地說：

「她當然會反對，但我們只有這個方法。現在得先問古城同學他們結婚了沒。」

小佐內同學站起來，對很有格調的老闆說「我出去打電話」走了出去。也罷，只能這樣了。古城同學向小佐內同學求助，小佐內同學也答應幫忙，既然如此，只要有方法就要用——不管古城同學再怎麼討厭這種方法。

小佐內同學很快就回來了。

「她說沒關係。」

那真是太好了。我喝完剩下的咖啡，站了起來。現在位於地下街，我拿捏不準距離，但Pâtisserie Kogi Annex Ruriko應該離這裡不遠。

4

我們出了地下街，外面颳著冬天的高樓風。小佐內同學穿戴好口罩、耳罩、圍巾、手套等全副武裝，充滿決心地走出去。

「古城同學接到電話一定嚇了一跳吧？」

我邊走邊問，小佐內同學點頭說：

「她問我為什麼要問這件事。」

「那妳怎麼回答？」

「我說因為有必要。」

對小妹妹應該要溫柔一點嘛。我正在這麼想，小佐內同學突然拿出手機，瞄了一下螢幕，又把手機收回口袋。

「是古城同學嗎？」

「嗯，她說與其找那個人幫忙，還不如什麼都別做。」

是啊，她當然會這樣想。

「但妳還是要去。」

小佐內同學仰望著我，眼神帶著譴責之意，彷彿在說「你明明知道我會怎麼回答」。

「因為她說過無論如何都想知道。」

是啊，她確實這樣說過。既然她說了就要負起責任，而且小佐內同學也很體貼地告訴過她會有怎樣的後果了。小佐內同學的腳步一點都沒有放慢，如果她再這樣走下去可能會闖紅燈，我急忙揪住她的後領。

走在路上時，小佐內同學問我：

「你覺得茅津同學說的話有什麼奇怪的地方嗎？」

的確有一點奇怪。

「茅津同學她們挨了三本木老師的罵，古城同學則是被班導深谷老師告知處罰的事。不過，可能只是因為哪位老師有空就誰去說，或是因為茅津同學她們被當成了問題人物。這不是什麼大不了的事。」

小佐內同學點頭。

「可是，茅津同學她們和古城同學得到消息的時間有落差，這點就比較奇怪了。」

小佐內同學歪起裹著圍巾的脖子。

「時間有落差……？」

「茅津同學她們是因為派對的照片被傳上網路才遭到停學的，栃野同學和佐多同學應該也一樣，可是古城同學不一樣，只有她晚了一天。不知道是為什麼？」

小佐內同學滿意地點頭說：

「我倒是沒注意到這點。真不愧是小鳩。」

夠了啦。

這時間的落差代表著什麼意思，我現在還沒辦法明確地回答。雖然我想得到幾種假設，但還有很多事情需要先調查清楚，而且這裡是吹著高樓風的路邊，不是適合談話的好地點。前方出現了熟悉的十字路口。

面向十字路口的大樓的一樓就是貼著紅磚款式磁磚的 Pâtisserie Kogi Annex Ruriko，雖然現在是嚴冬，店裡依然是客滿狀態，座位全都坐了人，展示櫃前也有大批客人笑容滿面地挑選蛋糕或馬卡龍。店員們看起來不慌不忙，分別為客人點餐。小佐內同學等到其中一位店員有空時，就拉下圍巾說：

「不好意思，請問店長在嗎？」

「妳要找店長？」

店員如此反問，但臉上並沒有訝異的表情。

「抱歉，店長出去了喔。」

我看看牆上的時鐘，現在是下午兩點多。店員說「店長出去了」可能只是藉口，她應該在後面休息吧。小佐內同學八成也是這麼想的，就從口袋裡掏出一張折疊的紙片交給店員。

「如果店長回來了，請把這張紙交給她。我是古城秋櫻的朋友，我有急事要跟店長談。」

店員露出懷疑的眼神，但聽到老闆的姓氏「古城」還是不得不慎重以對，她擠出笑容回答「請稍等一下」。我看著店員走進後方房間，就問：

「那張紙條是什麼時候寫的？」

小佐內同學笑了笑，說道：

「是什麼時候呢……」

我明明一直跟她在一起，為什麼都沒發現呢？沒過多久店員就回來了，說著「請往這邊走」，把我們帶到後面的房間。

和時髦乾淨的店面相比，後面的房間只像是一般的大樓，沒有門把、從兩方都能推開的門扉後面是一間小小的辦公室。一走進去，我就看到鐵管椅，還有至少放得下一個便當的小桌子，後方還有另一個堆滿零亂文件的單調工作桌，有個女人坐在桌子後。那位應該就是店長吧。她的胸前掛著名牌，上面寫著田坂瑠璃子，看來她無論是否登記結婚了，至少在職場上還是使用田坂這個姓氏。

田坂女士微笑著向帶我們進來的店員說了「謝謝」，店員鞠躬之後就離開了。在只剩三人的狹窄房間裡，田坂女士說：

「兩位請坐。」

我和小佐內同學解下圍巾，小佐內同學又脫下口罩耳罩和手套，各自拉來一張鐵管椅坐下。

田坂瑠璃子臉型削瘦，頭髮全往後梳，眉毛細細的，眼神有點哀愁，嘴巴很小。她雙手放在桌上，右手包覆著左手。她好像沒有化妝，聲音很穩重。

「聽說你們是秋櫻的朋友？」

「是的。」

「這樣啊……」

接著是一陣沉默，雙方彷彿都在彼此打量。

「所以……」

先開口的是田坂女士。

「你們找我有什麼事？」

小佐內同學一直凝神盯著田坂瑠璃子，彷彿想要看穿對方的內心，不過她聽到這句詢問就直接了當地回答：

「古城秋櫻同學因為疑似喝酒而遭到停學，但她堅持自己是冤枉的，真正喝了酒的那些人也說古城同學當時並不在場。校方似乎有證據能證明古城同學當時在場，但我們相信古城同學，所以認為那個證據是假的。我們想要向校方打聽清楚，所以需要由古城同學的監護人出面和校方溝通。」

田坂女士的眉毛訝異地顫動。

「……那你們為什麼來找我？」

小佐內同學立刻回答：

「因為妳是秋櫻的監護人。」

田坂女士輕嘆一口氣。

「這是秋櫻說的嗎？」

「她只說妳和古城先生已經結婚了。她不知道我要來找妳，如果她知道了，一定不會允許的。」

田坂女士十指交握，所以我現在可以看見她的左手。沒有看到戒指。看來她在工作時是不戴戒指的。

「……我不知道她被停學的事。」

穩重理性的田坂女士喃喃說出這句話時，我清楚看見她的臉上浮現了自嘲的神色，幸好我還有基本的自制力，沒把這件事說出來。

古城同學很不甘心莫名其妙遭到停學，還打電話給小佐內同學哭訴，卻沒有對田坂女士提過一句。這也是理所當然的，不過，在東京開店的古城春臣不太可能對女兒被停學的事一無所知，就算古城同學想瞞著爸爸，學校一定早就通知他了，但他卻沒有把女兒的情況告訴再婚的對象田坂女士……我並不想插手別人的家務事，但我還是忍不住對素未謀面的古城春臣起了反感。

「我知道了。」

田坂女士的話中完全沒有迷網或猶豫。

「那我該怎麼做呢？」

小佐內同學身材嬌小，長相又很孩子氣，言行舉止也不是一直都很穩重，好比說她看到各式各樣的馬卡龍就會失心瘋。我第一次看到有成年人跟小佐內同學初次見面就如此信任她，還請她提供建議。小佐內同學也有些愕然，然後說道：

「請妳打電話去學校找學生指導部的三本木老師，說妳想當面跟他談談古城同學被停學的事。」

「三本木老師……」

「如果對方答應了，那我就一起去。我用姊姊的名義出席沒問題吧？」

田坂女士靜靜凝視著小佐內同學，大概在思考她假扮妹妹是不是比假扮姊姊更適合。

然後她望向牆上的月曆。

「我們的店是週三公休，下週三電視臺要來採訪，在那之後……」

田坂女士還沒說完，小佐內同學就打岔說：

「不行，這件事必須儘快處理。可以的話，最好立刻就去。」

「立刻就去？」

田坂不禁皺起眉頭。真的可以嗎？現在是週末，店長不可能離開營業中的店吧。她眼神有些游移，說道：

「可是學校週六不上課，那位老師應該不在吧。」

「或許吧，但是也有不少老師會在週六到學校上班。如果他不在就沒辦法了，現在應該先確認他在不在。」

小佐內同學一定也知道，田坂女士在意的不是三本木老師在不在學校，而是自己是不是真的要在週六放下生意，即使如此，小佐內同學還是要求儘快處理。她說的並沒有錯，但實在是太苛刻了，一般來說沒必要急成這樣。

不過田坂女士默默點頭，拿起放在工作桌上的手機，開始撥號。她連這麼嚴重的事都沒有接到通知，她的手機卻存了古城同學學校的電話……？電話很快就撥通了。

「喂？打擾了，我是三年E班的古城秋櫻的……」

她停頓了一下。

「母親，我叫瑠璃子。雖然今天學校放假，我還是想請問一下，學生指導部的三本木老師在不在？」

之後她談了好一陣子，我們只是在一旁靜靜等待。小佐內同學喘了口氣，開始好奇地打量房間裡的樣子。雖然這只是一間單調的辦公室，但她第一次走到店面後方，鐵定很感興趣。

田坂講完了電話，她拿著手機說：

「他在學校。那我們走吧。」

我有一點在意，放著店不管真的行嗎……大概不行吧，但田坂女士還是決定要去。既然如此，我也沒必要多說什麼了。

5

去禮智中學的只有田坂女士和小佐內同學，我則是在外面等候。沒辦法，我們總不能都跟著田坂女士走進去，依次自我介紹說「我是古城秋櫻的母親」、「我是她姊姊」、「我是她不成器的哥哥」。

在等待的期間，我回到名古屋站，在車站大樓裡打發時間。我本來想找間店坐一下，但是考慮到搭車來名古屋的車資和在「富嶽」喝咖啡花的錢，還是節省一點比較好。我搭電梯到頂樓的書店，發現週六果然很熱鬧，櫃檯前有大排長龍的客人等著結帳。我站在新上市文庫本那一區白看書，一邊想著事情。

關於是誰故意陷害了古城同學的問題，現在還不是解答的時候。目前我手上的資訊不足，但現在有人正在蒐集資訊。我早就知道小佐內同學行動力過人，還是難免感到訝異，我在假日特地跑來名古屋，結果到現在還沒有我出場的餘地。該說不滿足嗎……不，就算是我也不會這樣想，因為我可以理解古城同學無緣無故遭受處罰會有多不甘心。

我正要伸手拿起文庫本來看，卻突然想到另一件事。我左右張望，看到有一處的天花板掛著「學習參考書」的布簾，就往那邊走去。第三學期比較短，期末考很快就要到了，而學生的本分就是該用功讀書，但我現在關切的是其他事情。我搜尋著擺滿大學考古題和題庫的書架，找尋我想的東西。

「有了有了。」

我找到了放英日字典的書架，因為不好意思把書從書盒裡拿出來，所以我選了沒有書盒的字典。我翻到「M」的部分，立刻發現自己找錯了。我要查的字應該不是英語。我想了一下，又拿起日文字典，翻到「ま」（MA）的部分。

「……果然是這樣。」

我闔上字典，放回書架。我發現了一件很有意思的事，雖然目前還不確定和古城同學被停學的事有沒有關聯。

如果只是要查單字，其實用手機就行了，但我第一反應卻是跑來找字典。白白看書得到情報就走人有點不好意思，為了補償，我又回到文庫本那一區，拿了我一直想買的短篇集。店員幫我把文庫本包上書套時，我的手機發出通知音效。我瞥了螢幕一眼，小佐內同學傳來了訊息。

我走出書店，打開訊息來看。

（結束了。在覺王山站見面喲！）

語末助詞怪怪的，大概是自動選字搞的鬼。

第二次進地下鐵站就沒再迷路了。我到了覺王山站，四處找尋小佐內同學的身影，發現她在亮著ＬＥＤ燈的月臺一角，低著頭坐在椅子上。我走到小佐內同學身邊，她還是不打算起身，只有我一個人站著有點奇怪，所以我也在她旁邊坐下。

「那個人呢？」

我問道，小佐內同學盯著自己的腳尖，從圍巾裡回答說：

回店裡了。」

田坂女士頂多只能離開兩小時吧。就算她是店長，也不能隨意調整工作時間，她中午應該沒有休息，但她還是得回店裡。

「她說，不要告訴古城同學她插手了這件事。」

「我知道了。情況如何？」

「很好。」

電車駛進上行月臺，幾十秒之後又伴隨著鈴聲離去。我等噪音平息之後才問：

「能跟我說說事情經過嗎？」

小佐內同學點頭，用悶在圍巾裡的聲音說：

「我們很快就見到了三本木老師。週六沒有職員幫我們帶路，所以他叫我們直接去接待室。門口也沒有警衛，我們隨隨便便就能進去，簡單到我都有點驚訝。三本木老師在接待室，好像正在做什麼工作，田坂女士敲門之後走了進去，他就把桌上的文件收進公事包。禮智中學不愧是私立學校，裝潢得非常漂亮，桌子很大，沙發很厚，連地毯的絨毛也很長。」

月臺上沒有其他人，只有ＬＥＤ燈的冷冽光芒照著我們。

「三本木老師大概四十歲左右吧，長得一副凶相。或許是我已經聽說他會罵學生，所以對他有些成見。他顯然一副很不耐煩的模樣，連茶都沒幫我們倒，但還是請田坂女士坐下。他只看了我一眼，問都沒問我是誰。」

看來監護人的招牌確實夠力，早知道他不會問，我就一起去了。

「我直接說結論。跟我們想的一樣，古城同學會被停學是因為有人把她在派對會場的照片寄給老師。他沒說寄照片的人是誰，如果不是他忘了，就是沒有署名吧。田坂女士說秋櫻沒有參加，但三本木老師說明明有照片為證，她辯解不了的。」

「……他沒有問除夕那天田坂女士有沒有和古城同學在一起嗎？」

「嗯。他大概擔心如果田坂女士說當天她們一起看紅白歌唱大賽就沒辦法處理了。」

的確是這樣。

「三本木老師不太聽別人說話，只是一個勁地說這個年齡的孩子很愛說謊，學校已經盡量管教了，家庭教育也是很重要的，然後田坂女士就發脾氣了，說老師根本沒先調查清楚就妄下定論，太輕率了。」

田坂女士發脾氣？她的說法好像別有涵義。

「妳覺得不應該發脾氣嗎？」

在圍巾和瀏海之間，小佐內同學的眼睛露出了笑意。

「我們要求看那張照片，他就給我們看了，叫他把照片給我們，他也印出來給我們了。我從來沒看過這麼有良心的老師，所以我沒辦法對他發脾氣。」

那還真是了不起。

「就算田坂女士是監護人，老師會把資料交給校外的人也太好說話了吧。是不是用了什麼高超的談判技巧啊？」

「她只是很堅持地說秋櫻絕對沒有去，要求看證據。」

「老師相信了她堅持的態度吧。」

「……我們做了壞事呢。」

就算是存心說謊，看到對方真的相信了，還是會有罪惡感的。

鈴聲響起，下行電車夾帶著一陣強風駛進月臺。月臺門開啟，有幾個人上車，幾個人下車。我感覺這班車停了好久，是因為我們正在等車，或者只是我的錯覺？等到月臺靜下來後，小佐內同學說：

「總之，就是這張照片。」

她把印在影印紙上的照片拿給我。畫質雖然粗糙，但還是看得很清楚，畫面裡面是拿著杯子的女孩、紅酒和香檳酒瓶，還有笑容滿面的古城同學。乍看之下沒有任何可疑之處，也就是說，這是精心修改過的照片。

地下鐵的月臺很暗，又很冷，不是適合研究照片的地方。

「能這麼快就拿到證據，真是太厲害了……那我們走吧。」

小佐內同學默默點頭，慢慢地站起來。

長椅上放著暖暖包，小佐內同學剛才大概把暖暖包坐在屁股下吧。她若無其事地收起暖暖包，低聲說：

「好戲要上場了。」

之後我們又回到了古城同學的家。

古城同學一臉有話想說的樣子，大概想抱怨我們擅自去找田坂女士吧，但是小佐內同學不由分說地遞出那張照片，古城同學一看就尖聲叫道：

「這是騙人的！是假的！」

她的眼中立刻盈滿淚水。

「我才沒有做那種事！這東西……小由紀學姊！這是騙人的！」

小佐內同學直視著古城同學，說道：

「我也這麼想。」

「咦……」

「我也覺得這張照片是假的。」

古城同學急忙擦擦眼角，睜大眼睛問道：

「為什麼？」

「因為妳是冤枉的，所以證據一定是假的。」

小佐內同學的語氣非常真誠，沒有半點矯揉造作。古城同學喃喃說著「小由紀學姊」就沉默了，好一陣子都說不出話。

之後我和小佐內同學在明亮的燈光下繼續研究照片。小佐內同學操作手機，找出茅津同學傳給她的照片。不用比較也看得出來，兩張照片不一樣。

茅津同學傳來的照片裡是茅津同學、佐多同學和栃野同學拿著玻璃杯擺姿勢，前方的桌上放著幾瓶紅酒，只有栃野同學一個人作勢把杯子靠在嘴邊。三人都站在牆邊，可見房間不大，壁紙是條紋的圖案。

在三本木老師提供的照片上，古城同學笑容滿面地抬頭仰視，右手拿著杯子，左手比出勝利姿勢，身上穿著毛衣和裙子，毛衣上有個大大的黑色蝴蝶結。站在她附近的茅津同學正在倒香檳，古城同學身後有另一個女孩看著鏡頭喝飲料。壁紙是條紋圖案。

拍攝地點是同一個房間，但角度和人物都不同。同時出現在兩張照片上的只有茅津同學，其他的共通點就是都有人在喝可能含酒精的飲料。

「經過互相比對，妳拿回來的照片果然有些奇怪。」

小佐內同學問道：

「哪裡奇怪？」

我指著古城同學的左手。

「會比出勝利姿勢一定是知道有人在拍照，可是她的眼睛卻看著上方，感覺怪怪的。」

「……嗯，的確。」

古城同學似乎比較平靜了，所以我向她問道：

「古城同學，這是妳的衣服嗎？」

她紅著臉盯著照片，然後搖頭說：

「不是，我沒有這件衣服。」

「這樣看來，只有頭部是剪接的。」

我又仔細觀察那張臉。照片是印在影印紙上，所以畫質比較差，但是仔細一看就會發現頭部的輪廓有些模糊，和脖子之間也有明顯的接縫。此外，我發現古城同學的臉上沾著黃色的東西。這是什麼啊？

「重點是……」

小佐內同學說道。

「是誰在派對上拍了照片？有這張照片的人才有辦法修改照片。」

說是這樣說啦……

「除夕那天和茅津同學一起參加跨年倒數的人都有辦法拍照吧。她說過總共有十二、三個人。」

古城同學強硬地說：

「那就每個都去問，看看是誰拍了這張照片。」

「這樣行不通的。」

我這麼一說，古城同學就皺著眉頭陷入沉默。小佐內同學在一旁解釋說：

「這個方法不好實行，連茅津同學都不確定有哪些人參加，而且這樣會打擾到別人，問了恐怕也得不到答案。再說，如果照片被上傳到網路，根本查不出誰下載了這張照片。」

「是嗎……」

古城同學盯著列印出來的照片。

「為什麼我會碰到這種事？一定是參加了派對的某個人對我懷恨在心……」

「妳想得到會是誰嗎？」

小佐內同學問道，古城同學無力地搖頭。

「想不到。可是……可是確實有人想陷害我……！」

她又提高了聲調。

我曾經多次揭穿別人隱藏的敵意，發現別人用笑臉隱藏著踐踏別人的企圖，但我沒有看過別人面臨敵意時的反應。古城同學早就知道有人陷害她，但是當她親眼看見假造的照片時，還是受到很大的打擊。原來會有這種反應。

我只是個小市民，就算不是，也只不過是喜歡賣弄小聰明的探子，我能做得了什麼？即使找出抱持敵意的人，古城同學就會比較好過嗎？……我不禁感到懷疑。

可是，古城同學說過她無論如何都想知道敵人是誰，既然如此，我就沒什麼好顧慮的了。

「小佐內同學，真不像妳耶。」

我這麼一說，兩人都同時朝我望來。

「重點不只是『誰能在派對裡拍下這張照片』，該注意的還有『誰能拍到正在笑的古城同學』，以及『誰能同時拿到派對照片和古城同學在笑的照片』。古城同學，妳知道這張笑臉是在哪裡拍的嗎？」

古城同學被我這麼一問，有些慌張地回答：

「呃，我經常拍照啊，像是校慶，或是放學後……」

「妳仔細看，妳的臉上沾了什麼？」

「臉上？」

古城同學問道，然後貼近照片。小佐內同學眼力很好，但也跟著湊過去看。古城同學喃喃說：

「真的耶。好丟臉喔。」

兩人同時抬起頭來。

「啊！」

「小鳩，這是……！」

應該沒錯。小佐內同學厲聲說道：

「古城同學，妳有最新一期的《ORCA》吧？快拿出來。」

「是！」

沒過多久，迷你誌《ORCA》就放在桌上了。最新一期的頭條報導是日義甜點師傅交流會，照片裡有交流會在市內飯店舉行的場景、滿桌的義大利甜點、面帶笑容的參加者。其中一張照片裡有兩位拿著酒杯說笑的男人，在他們的背後，古城同學臉上沾著奶油，笑得無比幸福。

我們把假造的照片和雜誌上的照片互相比對，古城同學視線的角度、沾到奶油的位置都一模一樣。

「的確是這張。我沒發現真是太丟臉了。」

小佐內同學感慨地說道。

《ORCA》不只是在名古屋買得到，在周邊的城市也能買到，任何人都有辦法拿到這張照片。只要用掃描或拍照的方式把這張照片數位化，就能和跨年倒數派對的照片合成製造出偽證。但是，雜誌上的照片有一行「盛大的交流派對」，最後的「對」字蓋住了古城同學的頭，要用電腦去除這個「對」字不是不可能，但凶手的修圖技巧並沒有好到能天衣無縫地接起頭部和脖子，很難想像這人會掃描雜誌做出合成照片。既然如此……

「凶手會是《ORCA》編輯部的人嗎……」

古城同學喃喃說道。這個推測不是不可能，但是要把《ORCA》編輯部、跨年倒數派對、對古城同學的惡意這三者連結起來不太容易。

「或許這人可以跟《ORCA》編輯部拿到照片的檔案？」

「……有辦法拿到嗎？」

「如果古城同學去跟他們要，一定可以輕易拿到，因為她被拍進了照片。同樣地，被拍進這張照片的其他人應該也能拿到檔案。」

我指著雜誌照片上拿著酒杯說笑的兩個人。一個是中年日本男人，另一個是留著鬍子的年輕白人。

「這兩人應該也是甜點師傅。妳認識他們嗎？」

古城同學毫不猶豫地指著中年男人。

「這個人……」

她的臉色很難看，聲音也在顫抖。

「我記得他，但我不知道他叫什麼名字。我正在吃奶油泡芙時，他走到我旁邊說『這明明是義大利甜點交流會，竟然有這麼沒水準的店家拿出奶油泡芙』。」

「妳知道這奶油泡芙是哪間店拿來的嗎？」

「……是我家的店。」

啊，所以那個人多半知道古城同學是Pâtisserie Kogi老闆的女兒，才故意說這些話給她聽吧。

「我當時心情很好，沒有想太多，只是回答『我聽說奶油泡芙是佛羅倫斯的公主帶到法國的』，那個人沒說什麼就走掉了。」

小佐內同學稍微皺起眉頭。

「他大概覺得妳讓他很丟臉吧……可是，他會光是因為這樣就假造照片寄到學校嗎？而且他要怎麼拿到跨年倒數派對的照片？」

這些問題都有解釋。我拿起《ORCA》說：

「古城同學，請妳打電話去《ORCA》編輯部，問他們有沒有把照片檔案寄給Marronnier Champ的栃野先生。」

古城同學瞪大眼睛，一時之間還聽不懂我這番話代表著什麼意思。

6

搭東海道線回家的時候，太陽已經下山了。下行電車擠得水洩不通，但我和小佐內同學很幸運地找到了座位。在面對面的四人座上，坐在我們前方的是兩位大學生，兩人都戴著耳機聽音樂。我不想在擁擠人潮之中談論這次的事情，但現在的情況還是可以聊一聊。

古城同學打電話去《ORCA》編輯部之後，對方不以為意地告訴了她確實有寄過照片檔案給栃野先生，還說如果古城同學想要也可以寄給她，她客氣地婉拒之後掛斷電話，臉色有些發青。

栃野先生有辦法拿到甜點師傅交流會的照片和跨年倒數派對的照片，前者是從《ORCA》編輯部要來的，而後者是從女兒栃野美緒那裡拿到的。栃野可能一直對Pâtisserie Kogi很不滿，小佐內同學告訴過我，《ORCA》的年度甜點店排行榜在前三年都是由Marronnier Champ占據榜首，但是今年Pâtisserie Kogi Annex Ruriko開張之後，榜首寶座就換人了。

他原本就對古城懷恨，對方的女兒還在派對上給他難看，自己的女兒卻因喝酒而被停學。嘴長在別人臉上，Marronnier Champ的女兒喝酒停學的事遲早會被傳開，既然如此，乾脆讓Pâtisserie Kogi的女兒也蒙上同樣的汙名。又或許……主嫌其實是栃野美緒，反正自己都被停學了，乾脆把敵對甜點店的女兒也一起拖下水。

用兩張照片移花接木製造偽證像是成年人的手段，冤枉別人喝酒害人停學像是國中生的想法，照這樣看來，說不定他們父女兩人都是共犯。反正動機已經很充分了，沒必要繼續追究哪個才是主嫌。

「小鳩。」

在搖晃的車上，小佐內同學囁嚅地說道。

「虧你想得到Marronnier Champ的甜點師傅是栃野。」

小佐內同學看到我比她掌握了更多關於甜點師傅的資訊，一定很不愉快吧。但她誤會了。

「我怎麼可能知道？只是猜想或許會是這樣。」

「只是靠著直覺？」

「嗯。除了直覺以外還有其他根據。」

小佐內同學歪起包著圍巾的脖子，我對她解釋了我的思路。

「剛才妳和田坂女士去禮智中學的時候，我趁機查了一些事。栃野同學外號叫瑪洛的事一直讓我很在意。為什麼她要叫瑪洛呢？而且我最近似乎也在哪裡聽過瑪洛開頭的詞彙……我想起栃野同學也對製作甜點有興趣，懷疑她或許和甜點店有關，結果真的被我猜中了。」

「你查了什麼事？」

「很簡單……我翻字典查了『栃』字。」

字典寫著「栃」是日本七葉樹，生長於山區。除此之外……

「最後還附註『可參考 Marronnier』。Marronnier 是歐洲七葉樹。」

小佐內同學低聲沉吟。

這件事的相關人物之中有個姓栃野的學生，有間叫作 Marronnier Champ 的甜點店被 Pâtisserie Kogi 踢下榜首寶座，而 Marronnier 和栃一樣是七葉樹。我認為這三個符號不是湊巧撞在一起的，因此大膽猜測栃野同學的爸爸可能是 Marronnier Champ 的甜點師傅。後來又發現偽證的假照片正是用日義甜點師傅交流會的照片合成的，這麼一來謎題就很容易解開了。

既然知道凶手是誰，嫁禍的動機也大概猜得出來了。古城同學的心情有因此變好嗎？還是說，她發現知道了敵人的名字也沒有任何幫助，反而感到空虛？

臨走之前，小佐內同學給了古城同學一些建議。既然擁有假照片這個證據，大可寄去《ORCA》編輯部，向他們揭發栃野甜點師傅的所作所為，如此一來，今後《ORCA》絕對不會再給 Marronnier Champ 任何好評價。

「小佐內同學。」

「怎樣？」

「古城同學會寄信給編輯部嗎？」

為了復仇。

小佐內同學一臉想睡的樣子，眼睛半閉地說：

「多半不會，因為她是個善良的孩子。」

之後小佐內同學沒再說話，大概是累得睡著了吧。我之後還得負責把她叫醒，看來是不能睡了。客滿的電車在歸途中前進，而古城秋櫻被獨自留在夜裡。

7

隔週的週三，我和小佐內同學被邀請到Pâtisserie Kogi Annex Ruriko。雖然這天是公休日，但是因為有電視臺來採訪，所以田坂瑠璃子還是到店裡了。採訪結束後，我們被請了進去。

「小由紀學姊幫了我很大的忙。」

古城同學這麼說，臉上的笑容沒有一絲陰霾。她到底怎麼處置那張假照片，跟班上的栃野說了什麼……我和小佐內同學都沒有問這些問題。她拜託我們的事，我們已經做了，我們沒必要知道更多，也不想談。

田坂瑠璃子女士穿著店裡的黑色圍裙，溫和地笑著說：

「真的非常感謝你們。」

看到古城同學和田坂女士一起笑得這麼開心，雖然跟我無關，但我也覺得挺高興的。

直到上週六，古城同學對田坂女士都還懷有芥蒂，田坂女士也不敢隨便親近古城同學，如今她們卻處於同一個空間。

我們沒有告訴古城同學是田坂女士幫助我們拿到了假照片，但她們似乎還是有過一些交談，至少她們現在的距離更近了。

小佐內同學大概沒注意到這溫馨的場面吧，她一走進店裡就沒開口說過話，身體顫抖，呆若木雞。

Pâtisserie Kogi Annex Ruriko 的店裡擺滿了甜點，有粉彩色的馬卡龍、大理石花紋的馬卡龍、鮮豔的近乎原色的馬卡龍、沒切的整個起司蛋糕、把奶油泡芙堆成小山再淋上巧克力醬做成的高塔——後來我才知道那個叫 Croquembouche（泡芙塔）。此外還有法式甜點店 Pâtisserie Kogi Annex Ruriko 平時不可能供應的柏林納・普方什麼的……呃，總之就是炸麵包。

「這些都是要給小由紀學姊的。」

「這是用來拍攝的，不能擺在店裡賣。妳不嫌棄的話就請用吧。」

小佐內同學張著嘴，似乎想要說話，結果只能發出「啊哇哇哇」之類的怪聲。

古城同學打過電話給我，問我該送什麼給小佐內同學當謝禮，我就建議她請小佐內同學吃甜點，炸麵包的事也是在當時告訴她的。我猜想小佐內同學應該會很高興……沒想到她竟會激動到這種地步。

小佐內同學雙手摀住嘴巴，眼眶濕潤，喃喃地說：

「呃，那個，我還活著嗎？」

古城同學笑了出來。此時正好是六點整，外面大時鐘「青翠牧場」的旋律充滿了整間甜點店。

各篇故事首度發表於：

巴黎馬卡龍之謎　ミステリーズ！vol.80（二〇一六年十二月）

紐約起司蛋糕之謎　ミステリーズ！vol.86（二〇一七年十二月）

柏林炸麵包之謎　ミステリーズ！vol.92, 93（二〇一八年十二月、二〇一九年二月）

佛羅倫斯奶油泡芙之謎　新作

逆思流

巴黎馬卡龍之謎
（原名：巴里マカロンの謎）

作者／米澤穗信　譯者／ＨＡＮＡ　封面插畫／左萱
榮譽發行人／黃鎮隆　企劃宣傳／施語宸
執行長／陳君平　國際版權／高子甯、賴瑜伶
協理／洪琇菁　美術編輯／李政儀
執行編輯／石書豪

發行／英屬蓋曼群島商家庭傳媒股份有限公司城邦分公司　尖端出版
台北市南港區昆陽街十六號八樓
電話：（〇二）二五〇〇—七六〇〇（代表號）
傳真：（〇二）二五〇〇—一九七九

中彰投以北經銷（含宜花東）／楨彥有限公司
電話：（〇二）八九一九—三三六九
傳真：（〇二）八九一四—五五二四

雲嘉經銷／威信圖書有限公司　嘉義公司
電話：（〇五）二三三—三八五二
傳真：（〇五）二三三—三八六三

南部經銷／威信圖書有限公司　高雄公司
電話：（〇七）三七三—〇〇七九
傳真：（〇七）三七三—〇〇八七

香港總經銷／城邦（香港）出版集團有限公司
香港灣仔駱克道１９３號東超商業中心１樓
電話：（八五二）二五〇八—六二三一
傳真：（八五二）二五七八—九三三七
E-mail：hkcite@biznetvigator.com

馬新經銷／城邦（馬新）出版集團　Cite(M)Sdn.Bhd.
E-mail：Cite@cite.com.my

法律顧問／王子文律師　元禾法律事務所
台北市羅斯福路三段三十七號十五樓

二〇二二年五月一版一刷
二〇二四年八月一版三刷

■中文版■

郵購注意事項：
1. 填妥劃撥單資料：帳號：50003021戶名：英屬蓋曼群島商家庭傳媒(股)公司城邦分公司。2. 通信欄內註明訂購書名與冊數。3. 劃撥金額低於500元，請加附掛號郵資50元。如劃撥日起 10～14日，仍未收到書時，請洽劃撥組。劃撥專線TEL：(03) 312-4212 ・ FAX：(03) 322-4621。E-mail：marketing@spp.com.tw

國家圖書館出版品預行編目資料

巴黎馬卡龍之謎 /
米澤穗信 著 ; HANA譯 . --初版.
--臺北市：尖端出版, 2022.04
面 ; 公分.--(逆思流)
譯自: **巴里マカロンの謎**
ISBN 978-626-316-673-8(平裝)

861.57　　111001837